# いつか会ったあなたと、きっと出会う君に

Akira Ishino
石野晶

双葉社

いつか会ったあなたと、きっと出会う君に

装画　萩森じあ
装丁　サトモトアイ

〜side　晴文〜

# （1）次へ進む

朝目が覚めたら、隣で寝ていた彼女が子供になっていた。

（子供!?）


ぼくの彼女は、堀内雛子《ほりうちひなこ》。もうすぐめでたく20歳を迎える、専門学校生だ。

昨夜寝る時、確かに彼女は、ぼくの右隣に敷かれた布団に入ったはずだった。

電気の通っていない室内は少し暑くて、窓を開けっぱなしにすることにして、

「泥棒来ないかな」

「来たら退治してね」

そんな会話を交わして、眠りについたはずだった。

それがどういうわけだろう。

右隣の布団の上で目を閉じて、タオルケットにくるまってスウスウと寝息を立てているのは、小さな女の子だ。

5歳か6歳。きっとまだ小学校には行っていない。

ピンク色の水玉模様のパジャマを着ていて、寝顔だけど雛子によく似ているとわかる。

(雛子の親戚の子か?)

親戚の子が入りこんで来たにしても、じゃあ雛子はどこへ行ったのだろう。

震える手を伸ばして、そっとその子の髪をどけて首をあらわにする。

首の後ろ部分。そこに縦に三つ並んだほくろを見つけて、ぼくは思わず見なかったことにしようと、再びタオルケットの中に潜りこんだ。

雛子に後ろから抱きつく時、セミロングの髪の間から覗くそのほくろは、いつも目に入って来た。

雛子によく似た顔をした子供が、雛子と同じ位置にほくろがある。そんな偶然存在するだろうか。

頭に一つの仮説が浮かぶが、そんなこと起こり得るはずがない、まだ夢を見ているんだと必死で抗おうとする。横にある現実を認めてしまった方が楽だと囁《ささや》く自分もいて、頭の中で戦いを繰り広げている。

ポンと思い出したのは、雛子がよく見ていたアニメだった。

まだぼく達が生まれる前にテレビ放送されていた、スプーンおばさんというアニメだ。雛子はまず絵本を好きになり、アニメも見てみたくなって、それを見るためだけにサブスクに登録したのだ。

スプーンをいつも首にかけているおばさんは、時々突然体が小さくなって、スプーンと同じ大きさになってしまう。そのことは旦那さんには秘密なので、秘密を守りとおすためにいつも大変な思いをするのだ。

ひょっとして雛子も、そんな体質なのではないだろうか。体が小さくなるのではなく、突然子供になってしまう。そんな体質。

タオルケットから首だけ出して、隣で眠る子供を見つめる。

その寝顔を見れば見るほど、確信は深まっていった。子供になってしまっても、恋人なのだからぼくにはわかる。

親戚の子なんかじゃない。

この子は雛子だ。

雛子は、子供になってしまったのだ。

夏休みに旅行に行こうと言い出したのは、雛子の方からだった。

雛子の通う専門学校も、ぼくの通う大学も、八月は丸々夏休みになる。雛子はカフェでアルバイトをしているけど、お盆の時期に連勤することでまとまった休みをもらえるのだという。

ぼくも運送会社で仕分けのバイトをしているけれど、雛子と同じようにお盆時期に休まず出勤することで、その後にまとまった休みを取ることができた。

三泊四日の旅。

雛子とは付き合い始めて一年ほどになる。実家暮らしの雛子が一人暮らしのぼくのアパートに泊まりこむこともあって、半同棲のような状態になっていた。

一緒に過ごす時間が長ければ長くなるほど、いわゆるマンネリという状態になってしまう。

女性と付き合うのは雛子が初めてだったから、最初のころはそんな状態になるなんて想像もできなかった。

だけど近ごろの自分と雛子の関係性を思うと、これは確実にマンネリ状態と言える。

付き合い始めのころはそばにいるだけでドキドキして、頭の中に並べた言葉を選び抜いて口にして、これを言ったら引かれないか、これを聞くのはまだ早いかと、雛子の反応ばかりを気にかけていたっていうのに。

今では雛子がそばにいてくれるのが当たり前になりすぎて、ドキドキするよりも安心感を覚えてしまう。

バイトで体を酷使してくたくたに疲れてアパートに帰った時、ドアの横の曇りガラスの窓に明かりが灯っていると、自分の心にも火が灯ったような気持ちになる。

それは停電の日に灯すロウソクの火のような、ぬくもりのある火だ。

雛子が来ているんだなと思いながらドアを開けると、みそ汁の香りに体を包まれ、雛子の鼻歌が聞こえて来る。

その瞬間いつもぼくは、泣きたいほどの安心感を覚えるのだ。

だけどぼくは自分が与えられるばかりで、雛子に何も与えてやれていなかったのかもしれない。

一緒にいられるだけで満足して、ここのところデートらしいこともしていなかった。

雛子はそのことに不満を持っていて、この旅行を計画したのかもしれない。

もしかしたらあのことも。ぼくへの不満から起こした行動なのかもしれなかった。

雛子は旅行の計画を自分一人で立てると言って、ぼくが口を挟む余地を与えなかった。

旅行のテーマは、お互いのいなかに帰ろうというものだった。

雛子の両親は仙台《せんだい》市在住だが、お母さんは岩手の北上《きたかみ》市の出身なのだという。

雛子は子供のころ、夏休みになると母親と一緒に北上の祖父母宅に泊まりこみ、自然豊かな暮らしを満喫していたのだそうだ。

「まず一日目は北上のおばあちゃん家に泊まりね」

「うん」

「それで二日目は、あなたのいなか」

ぼくのいなか？　雛子の言うぼくのいなかが、自分のことなのに思いつかなかった。

「横手《よこて》？」

仙台の大学に入学するまで、ぼくは父と祖母と共に秋田の横手市で暮らしていた。

「ううん、越秋島《こしあきじま》」

ヒュッと胸の奥の方が冷えるというのか閉じるというのか、何とも言い難い感覚がした。

「行きたくない？」

雛子がぼくの様子を案ずるような顔をするので、意識して口角を上げる。

「いや、お墓参りしなきゃなと思ってたんだ。ほら、伯父さんの」

その島は宮城県沖にあり、母親の生家があったのだ。ぼくも子供のころの一時期滞在したことがある。

「それで三日目が、あなたのお父さんのお家」

「いや、おかしいだろ、それ」

「え、お父さんに会いたくないの？」

この年になると、父親に会いたいとか会いたくないとか、そんな感情も芽生えないものだが、いやそれよりも。

「行くのはいいけど、横手なら北上から行けるだろ。何で二日目に宮城にわざわざ戻るんだ？　最初に島で、二日目北上だと無駄がないのに」

「それは、だめ」

とても大事なことだというように、雛子はまっすぐぼくの目を見て言った。潤んだ目だとか、ふっくらした涙袋《なみだぶくろ》に引きこまれて、やっぱぼくの彼女かわいいよなあと脳が一瞬デレて、そんなぼくにもう一度雛子は言った。

「それは、だめ。このとおりに回らないとだめなの」

まるでそうしなければ、地球の自転が止まり、人類が滅んでしまうというような深刻さだった。

今年の夏は昨年に比べれば、大分涼しく感じる。

お盆を過ぎたころには風にひとすじの冷涼さが感じられるようになり、旅行初日の朝は空の水色が先週よりも透き通って感じられた。

窓から空を眺めながら、今日のルールを決める。

今日のルール。何が起きても、感情的にならない。

旅行カバンを持ってぼくのアパートを訪ねてきた雛子は、新作のワンピースを着ていた。紺地に白のカスミソウ柄は覚えがあった。一緒に手芸店で選んだ生地だ。

「新作だね。似合ってる」

雛子はうれしそうに笑って、クルリと回ってみせた。スカートはきれいなラインを描いていて、ふちには控えめにレースが飾られている。

雛子が通っているのは、服飾系の専門学校のデザイン科だ。

雛子の夢は将来自分のブランドを立ち上げることで、彼女は自分の着る服は大抵自分で縫い上げてしまう。

「行こうか」

二人でカバンを抱えながら最寄りの駅から地下鉄に乗り、仙台駅を目指す。地下鉄の中で雛子はドアの付近に立ち、ガラスに映る自分の姿をチェックしていた。新しい服をおろした時はいつもこれをしている。

ワンピースは少し袖が長めでたっぷりとギャザーが入り、袖口に白いリボンを結んである。スカートの裾は膝が隠れるくらい。

雛子のコンプレックスは、二の腕がふっくらしていることと、背が低いことだ。そのどちらもぼくにとっては愛しいものだし、二の腕なんて隣に座ってつまむのが癒しの時間なのだけど、とにかく彼女にとっては気になるものらしい。

雛子が自分で服を作りたいと思ったのも、そのコンプレックスが元になっている。

高校で身長が止まってしまった彼女は、自分の足もこれ以上伸びないのだと確信して、絶望したらしい。市販のスカートやワンピースは、標準体型の人に合わせて作られている。雛子がそれを着ると、丈が10センチ長くなってしまうのだった。

裾直しをしてくれるお店もあるけど、裾を詰めるとデザインが変わってしまうこともあるという。裾を直すたびに何か違うと感じていた雛子は、低身長の人向けの服を作ろうと決めた。

「でも、身長低い人だけじゃなく、逆に背の高い女の子も丈の合ったスカートを穿きたいって思ってると思うの。それなら、ブランド作るよりオーダーメイドのお店をやったほうがいいのかもしれない」

雛子の語る将来の話を聞きながら、そうやって迷えることもまた幸せなのじゃないかとぼくは考えていた。

ぼくには将来の夢も何もない。工業系の大学に入り情報ビジネスを学んではいるけれど、将来こんなことをしたいという明確なビジョンはないのだ。

三回生だからそろそろ就活も始まるというのに、やりたいことも自分の将来も明確に思い描くことができない。

ふと、ガラスに映った雛子の表情に目が留まった。何だろう。目が怖いというか、口元が強張っているというか。

（ひょっとして、緊張してる？）

一泊だけの温泉旅行なら、行ったこともあるけれど、二人でこんなに遠出するのは初めてのことだった。

しかもお互いのいなかを巡る旅で、最終日にはぼくの父親にも会うのだ。

緊張するのも、当たり前か。

いや、そんなことじゃなくて、もしかしたら……。

ぼくの胸の内で、黒い雲が湧き始めていた。


仙台駅に到着すると、在来線に乗り換えて北へと向かう。新幹線の方が早いし便利だけど、車窓の景色を楽しみながらのんびり行くことにしたのだ。

窓の外にはひたすら田園風景が広がっている。延々と続く緑の海の中に銀色に輝く川がうねり、時々島のように防風林に守られた家がある。

その景色を眺めながら、雛子は語ってくれた。

「うちの周りって、緑がないでしょ？」

雛子が今も住む家は住宅街にあり、確かに周りには小さな公園くらいしか木の生えている場所はない。

「だからおばあちゃん家で虫取りとか魚釣りとかするの、いつも楽しみだったんだ。おばあちゃん家は田んぼも山も近くにあるから、夏休み満喫できるんだよ。晴文《はるふみ》君は、虫捕りした？」

「いや、うちも市街地だったからな。母方のいなかには……行くことなかったし」

雛子が眉を寄せ、ぼくを案ずるような顔をした。

「でも、あれは連れてってもらったよ。テーマパークで夏休みになると世界の昆虫展開いてたから、ニジイロクワガタもヘラクレスオオカブトもそこで触った」

「テーマパークなの？　早起きして、木をドンって揺らして、カブトムシとかクワガタとか捕らないの？」

「雛子はそんなことしてたわけ？」

意外だった。アパートの部屋にゴキブリが出ると悲鳴を上げて逃げ回っているくせに、カブトムシは触れるのか。

「カブトムシ平気なら、ゴキブリも平気じゃないの」

「その二つは、色ツヤ以外に似てるところがありません」

ツンと唇を尖らせた雛子がかわいくて、フフッと笑い声が漏れてしまう。

カタンカタンと電車は優しい音を奏でて、緑の海の中を突っ切っていく。風が吹くたび銀色の波が生まれ、稲の上をどこまでも渡っていった。


電車を二回乗り換えて、北上駅に到着したのは昼前のことだった。

駅前で適当な定食屋さんを見つけてまずは早めの昼食を取る。その後はレンタカーに乗って、雛子のおばあちゃんの家へと向かう。

雛子のおばあちゃんの家と言っているけれど、実のところその家には現在誰も住んではいない。

雛子が中学生の時におじいちゃんが亡くなり、その後おばあちゃんが一人で暮らしていたけれど、無理がきかなくなり、介護施設に入所したのだった。

施設は宮城県内にあるので、雛子は家族と一緒にちょくちょくおばあちゃんに会いに行っている。

おばあちゃんの親戚の人が時々家に風を通したり、庭の草刈りをしてくれるらしく、水道だけは止めずにいるらしい。だけど電気とガスは通っていないので、それなりの覚悟はいりそうだ。

レンタカーを運転するのは、当然ぼくの役目だった。雛子はミシンの腕前は一流だというのに、その他の機械操作はからきしダメなのだ。運転免許を取るのは最初からあきらめていて、一生公共交通機関と自転車頼みで生きていくと宣言している。

免許を持っているといっても、ぼくも普段運転するわけではないので、さすがに緊張する。交通量の多い通りからはずれると、ほっと肩の力が緩んだ。

脇道に入ってからは、カーナビよりも雛子の記憶が頼りだった。田んぼや畑が広がる中にポツポツと民家があり、道ばたにはお地蔵さんが並んでいる。

時々黄色い花が溢れんばかりに咲く空き地もあって、何というか日本人の思い描くいなかの景色が広がっていた。

「いなかだな」

「いなかでしょ」

ほめられたという顔で、雛子がうなずく。

「そこの庚申塚《こうしんづか》のある道を右折して」

「庚申塚？　それ、小学校の教科書でしか見たことないぞ」

「そんな珍しい物じゃないよ。はい、右折」

そこからは登り道になり、辿り着いたのは山を背にした平屋の一軒家だった。


家についてもゆっくりする暇はなく、まずは家の中の掃除からだった。掃除機など使えないから、ホウキとぞうきんで地道に掃除していく。

例年は雛子の両親がお盆に来て、掃除とお墓参りをするのだそうだが、今年はぼく達に任せるとのことだった。


日のあるうちに、今夜使う布団も干しておく。雛子の両親が泊まる時のためだろう、電池式のランタンとカセットコンロも置いてあって、キャンプ気分が味わえそうだった。

掃除が終わったらお墓参りだった。用意して来たお花と水と線香セットを持って、道路を歩いて登っていくと、林に囲まれた中に小さな墓地があった。

「お寺はないんだ?」

「うん。お葬式の時は隣の集落のお寺にお願いするの」

せまい墓地だから、雛子は迷わずおじいさんや代々のご先祖の眠るお墓の前に立った。花を供えてお墓に水をかけて、ロウソクを灯しお線香を供える。

「おじいちゃん、彼氏の晴文君です」

雛子に紹介されて、ぼくは墓石の正面に立つ。

「初めまして。大森《おおもり》晴文です」

手を合わせてから目を開けて、雛子と微笑み合う。

雛子との交際は雛子の両親にも認めてもらっていて、ぼくは時々雛子の家で夕食をごちそうになることもあった。

そして今回の旅行だ。

お互いのいなかへ行くというのは、客観的に見ても将来を約束し合った仲と言えるのではないだろうか。

でも……。

楽しいはずの旅行の最中だというのに、ぼくの胸には黒い影が沈んでいる。ふっと油断するとその影は、夕立を降らせる黒雲のようにぼくの胸を覆いつくしていった。

何かおかしいと最初に感じたのは今年の春すぎのことだった。

雛子がぼくのアパートに来る回数が減ったのだ。

雛子は専門学校の課題が忙しいのだと話していて、ぼくもそれを信じていた。だけど一緒にいる時でも雛子は上の空だったり、寝不足なのかぼくの部屋でうたたねしていることもよくあった。

積み重ねられた不安が決定的になったのは、先月のことだ。

今度の三連休は何をしようかと話しかけると、一瞬雛子の顔が引きつった。

「あ、あのね、実は三連休は、友達と旅行に行くの」

「へえ、誰と?」

雛子の話を疑っていたわけではない。何の気なしに聞いただけだった。それなのに、雛子はあからさまにうろたえた。

「し、汐里《しおり》と。蔵王《ざおう》の温泉でゆっくりしてこようってなって」

汐里さんは雛子の専門学校仲間で、ぼくも二度ほど会ったことがある。

「いいね。のんびりしてきなよ」

ぼくがそう言うと、雛子がほっと肩の力を抜いたのがわかった。

そして三連休真っただ中のことだ。

雛子がいなくて暇を持て余したぼくは、一人で映画を見に行くことにした。雛子が真っ先に避けそうなゾンビものだ。

雛子と出会ってから映画館で見る映画と言えば、雛子の好む恋愛系や青春ものばかりだった。

ゾンビだらけの世界で、血と銃弾が飛び交うというバイオレンスな内容に大いに満足して、ロビーへと出た時だった。

ばったり出くわしてしまったのだ。汐里さんに。

汐里さんは気合の入ったメイクとワンピース姿で、いかにもデートという格好だった。隣にいる男の人は、彼氏だろう。

「あれ、晴文さん一人ですか？」

汐里さんは、ぼくを見なかったことにはしてくれなかった。

「うん、そう。雛子旅行に行くって言ってて」

君とね、という言葉は胸の深いところに埋めておく。

「ああ、だからなんだ。私もランチに雛子誘ったんだけど断られちゃって。って、あれ？」

いや、もういいから、というぼくの心の声を無視するように汐里さんは続けた。

「彼氏と約束あるからって、雛子言ってたのにな」

その彼氏は、本当にぼくのことなんだろうか。

ぼくの胸に修復不可能な傷をつけて、汐里さんは何もなかったように去っていった。

きっとこれから、汐里さんが好む映画を見るんだろう。ぼく達がいつもそうするように。

「隠し事をするなら、もっとうまくやりなよ」

隣にはいない雛子に向けて、ぼそりとつぶやいた。


三連休後に会った雛子は、吹っ切れたという印象だった。重い荷物を手放したという感じで、ぼくに提案してきたのだ。

お互いのいなかを巡る旅をしようと。

その時ぼくが予感したのは、その旅で別れを告げられるのかな、というものだった。

雛子には他に好きな人ができて、三連休にその人と一緒に過ごして決意したのかもしれない。

ぼくと別れて、その誰かと付き合うことを。


（1）次へ進む

その三連休以降、雛子はまた前のようにぼくのアパートに入り浸り、ぼくらは多くの恋人と同じように二人だけの時間を過ごした。

ぼくに対する雛子の態度は前と変わりなく、三連休の出来事は、ぼくの見た悪夢だったのではないかと思うこともあった。

でも、消せない。

一度胸に湧き上がった疑念は。その黒い雲は。

雛子に振られるのではないかという不安は。


お墓参りを終えた後は、一度街中まで出て、お風呂とご飯を済ませることにした。サウナもある入浴施設でお風呂に入り、その後は焼肉屋さんに行き、せっかく岩手に来たのだからと冷麺を注文する。スイカの載った冷麺はこしが強くて、出汁《だし》の効いたスープによく合う。

再び雛子のおばあちゃんの家に向かう車中で、ぼくは一人決意を固めた。

こんな気持ちのままで雛子と一緒に旅をしても、純粋に楽しむことはできそうにない。だったらいっそ、今夜のうちに決着をつけてしまおう。

雛子に疑念をぶつけて、その結果がどうなっても、旅の終わりまでは恋人同士を続ける約束をしよう。

雛子の返答次第では、この旅が二人の最後の思い出になるのかもしれなかった。


おばあちゃんの家に戻ると、呆れるほどに真っ暗だった。

家の中も暗いけど、家の周りも笑えるほどに暗い。隣家は遠く周りに広がるのは山と田んぼと畑ばかりで、街灯もない。

家から出る明かりもないのだから、庭にいるだけで真の暗闇を堪能できる。

庭にあるベンチに二人で腰かけると、隣に座る雛子の顔すらわからない。

「あ、見て。空」

雛子の声に夜空を見上げると、そこに明かりがあった。

星だ。空の真ん中に天の川が流れ、空中に銀やオレンジの星がちりばめられている。星の一つ一つが密やかに瞬き、息を詰めて向こうからこちらの様子を窺っているようだ。

「すごい数の星」

「ね。街中の空じゃ、こんなの見られないよね。私ここに来るたびに星の数に驚いて、街にいる時はこんなたくさんの星どこに隠れちゃうんだろうって思ってたんだ。そこにいるのにね。見えないだけで」

雛子の言葉が、胸に染み渡る。ぼくらが見ても見なくても、この星達はそこにあるのだ。ぼくらが知らなくても、こうして精一杯輝き続けているのだ。

こんなに美しい星空の下で言うことだろうかと思った。

でもぼくには、胸の中の黒い疑惑をこのまま抱え続ける勇気もない。

「雛子、聞きたいことがあるんだ」

暗闇の中に響いた自分の声は、思った以上に深刻な気配を伴っていた。

「七月の三連休、本当はどこへ行っていたの？」

「え、え？　だから、汐里と温泉に」

あの時雛子がお土産にくれたのは、宮城県内のどこでも手に入る銘菓だった。

「あのね、ぼくはあの三連休の中日に、映画館で汐里さんと会ったんだよ」

決定的な一言を突きつけると、雛子が息を呑む音がした。

雛子は今、どんな顔をしているのだろう。焦っているのだろうか、泣きそうだろうか。

そんな顔をさせていることも、すまないと思ってしまう。

星が聞き耳を立てるように、視界の端で瞬いた。

「雛子を責めようとか、そんなつもりはないんだ。雛子がどこで何をしていたのか、本当のことを教えて欲しい。もし……もしもね、他に好きな人ができたのなら、それでもいいから――」

「そんなわけない！」

必死な声が、ぼくの言葉を遮った。

震える声で、雛子は続けた。

「他に好きな人ができたとか、そんなことは絶対にないから。私はただ、晴文君のために……！」

何かを言いかけて、雛子は口をつぐんだ。

ぼくのため？　どういうことだ。

「雛子？　ぼくのためって、どういう意味？」

「ごめんなさい。今は言えないの」

今は……ということは、いつかは教えてくれるのだろうか。

「ごめん。変な話して。もうやめよう」


(1)次へ進む

「ねえ、晴文君」

手さぐりで雛子が、ぼくの右腕を両手で包む。

「私のこと信じてくれる？」

「信じるよ」

雛子の口走ったぼくのためにという言葉で、ぼくの中の黒い雲は飛び去ってしまっていた。

ぼくのためについた嘘ならば、ぼくは雛子を信じるだけだ。

星空が突然遮《さえぎ》られた。立ち上がった雛子が、ぼくにかがみこんでいるのだ。目を閉じなくても暗さは変わらないのに、条件反射で目を閉じていた。

雛子の香りに体を包まれる。シャンプーだとか柔軟剤だとかのかすかな香りが絡み合った、雛子の香りだ。まだ出会ったことのない花を思わせる、ぼくの大好きな匂い。

雛子の柔らかな唇がぼくの唇をふさいで、離れていった。


ランタンの明かりを頼りに布団を並べて、ぼくらは布団に入った。

エアコンのない部屋は少し蒸し暑い。窓を開けて網戸だけにすると、周りの田んぼからカエルの合唱が響いて来る。

「泥棒とか来ないよな」

「来たら退治してね」

ぼくにそう返した雛子の声音は、いつもどおりのものだった。そのことにほっとしながら、ランタンの明かりを消す。

「うわー、真っ暗」

「怖い？」

「平気。晴文君がいるから」

こんな風に雛子に頼られるたび、ぼくは男の本能をくすぐられるような気がする。決して体格がいいわけでも、格闘技経験があるわけでもないけど、雛子を守るためなら何でもできるような気がしてくるのだ。

「あのね、晴文君」

「うん？」

「明日の私をよろしくね」

雛子の言ったことが理解できなくて、どういうことかと聞き返そうとすると「おやすみなさい」と会話をシャットダウンするように言われてしまう。

「おやすみ」

仕方なくそう返すと、旅の疲れもあって、ぼくはすぐに深い眠りに落ち、朝まで目を覚まさなかった。


そして、目を覚ましてみたら、隣の布団で寝ていたのは子供だった。

窓の隙間から注ぐ朝日がまぶしいのか、女の子のまぶたがピクリと動く。まつ毛がゆっくりと上がり、彼女が目を覚ました。

女の子はしばらくまばたきを繰り返し、ぼくの顔を見て驚いた顔をし、辺りを見回して二度ほどうなずくと、手にしていたウサギのぬいぐるみをぎゅっと抱きしめ「トイレ!」と叫んだ。

「ひ、一人で行ける?」

「行ける」

場所を説明するよりも先に、彼女は部屋を飛び出していた。ちゃんと廊下の先にあるトイレへ入ったことを確認し、ぼくは文字どおり頭を抱えた。

さっきほくろの並びを確認したから、あれは雛子で間違いがない。

どうして子供になってしまったんだろう？　スプーンおばさんのように、そういう体質の持ち主ということだろうか。

それとも、昨日ぼくがあんな話をしたから、精神的ショックで逆行現象が起きたとでもいうのだろうか。

でもそういう場合、逆行するのは精神だけではないのだろうか。肉体まで若返るなんて、物理的にありえるはずがない。

幼い雛子はなかなか戻って来なかった。トイレの中で具合が悪くなっているのじゃないかと一度声をかけてみると、「だいじょーぶ」と幼い返事が返ってきた。

やっと彼女がトイレから出て来たのは、20分くらい経過したころだろうか。大事そうにウサギのぬいぐるみを抱えて、ぼくの前にちょこんと座った。

「ひなこです。5歳です。ばら組です。よろしく」

「よ、よろしく」

彼女が雛子と名乗ったことで、親戚の子供という可能性は消えてしまった。やはりこの子は、ぼくの彼女で間違いないらしい。

「お兄ちゃんの名前は何ですか」

「晴文といいます」

「はるうみさん」

「晴文です」

「はるうみさん」

どうやら彼女は、ふがうまく発音できないようだった。幼い子供らしい舌足らずなしゃべり方で、声も今の雛子よりずいぶん高い。

「えっと、ぼくのことは知ってる？」

「知らない」

ということは、この雛子の記憶にぼくの存在はないということだった。

「どうするんだよ、これから……」

思わず頭を抱えてつぶやくと、目の前の幼女はきっぱりと言った。

「続ける」

「え、何を？」

「たびを続ける」

旅の発音が足袋《たび》のそれだった。

「旅行中ってことは知ってるの？」

「次へ進む」

すごろくに書いてある指示のように、雛子は言った。


「おきがえー」

突然言われて、うろたえた。

「え、き、着替え？」

小さな雛子が着ているのは、子供用のパジャマだ。そう言えばこのパジャマは、どこから出てきたのだろう。

念のため雛子の荷物を見てみるけど、あるのは大人用の服ばかりだった。

「ここ」

雛子が部屋の中にあるタンスを指さす。おばあちゃんの服しか入っていないだろうと思いながらも、ダメもとで引き出しを開けてみる。案の定引き出しのほとんどは空っぽで、ほらみろと最後の引き出しを開けた時だった。

小さな服が畳まれてそこに入っていた。取り出してみると、今の雛子にちょうどよさげなワンピースだ。

「ひなこの服」

うれしそうに言って服を取り上げた雛子は、ぼくを軽く睨んだ。

「見・な・い・で」

こんなに小さくても、しっかりとレディの心構えを持っているらしい。雛子が着替えを終えるまで、廊下で待機する。

「いいよー」

かくれんぼの時のような声で言われて部屋に入ると、水色の地に花と果物が細かな柄で描かれたワンピースに着替えた雛子がいた。タンスの中には靴下まで入っていたようで、レースのついたそれを穿いている。

「おなかすいたー」

お腹を押さえるジェスチャーつきで言われて、ぼくは慌てて自分の着替えに走った。

朝食は昨日買っておいたベーカリーのパンだ。お湯を沸かしてドリップバッグのコーヒーを淹《い》れようと思ったけど、子供にコーヒーは飲めないだろう。

「み、水でもいい？」

「オレンジジュス」

「ジュ、ジュースかあ」

困って昨夜の買い物袋の中をのぞくと、奇跡的にオレンジジュースの小さなボトルが入っていた。買ってくれた大きな雛子に感謝して、ボトルを差し出す。

「はい、どうぞ」

「あーけーて」

歌うように言われて、ああ、そうかと、ボトルの蓋に手をかける。蓋を開けてあげると雛子は両手で受け取って、コクコクと飲み始める。モミジのように小さくて、マシュマロでも詰まっているようなプクプクとしたかわいらしい手だ。

紙皿にパンを並べて出すと、雛子はチョコクロワッサンを真っ先に取り上げた。好きな物は今と変わらないらしい。

クロワッサンってこんなにボロボロになるのかと感心するほど、食べ終わった雛子はパンのかけらまみれだった。口の周りもパンとチョコだらけだ。そのまま移動しようと


(1) 次へ進む

するから、慌ててティッシュで拭いてあげて、パンのかけらをホウキで集めていく。

「かみ、むすんで」

「え、か、髪？」

雛子の髪は大人の雛子と同じくらいの長さで、肩に少しかかる程度だ。しかし女性の髪なんて、結んだことがない。

雛子の荷物をあさって、ヘアブラシとヘアゴムを見つけ出して、鏡台の前に移動すると取りあえず髪の毛をとかしてあげる。

「いたい」

「うわっ、ごめん」

サラサラの髪の毛の感触は今の雛子と変わらない。

「みつあみ、できる？」

「できない」

鏡の中の雛子がプッと頬を膨らませる。大人の雛子も感情がすぐ表情に出るタイプだけど、子供の雛子は更にそれがわかりやすい。

「じゃあ、二つ結び」

「ひ、一つじゃだめ？」

雛子は頬を片方ずつぷくぷくと膨らませ、鏡越しにぼくの顔をチラリと見て、大きくため息をついた。

「いいよ。一つで」

ため息をつかれるのも、不機嫌をあらわにされるのも苦手だ。機嫌の悪い人に接すると、自分のせいだと思ってしまうのは、子供のころから染みついた性《さが》だった。

後ろで髪を一つに結ぶだけでも、ぼくにとっては大変な作業だった。サラサラの髪は撫でる時には心地いいが、結ぶという作業をより困難にするのだと覚った。ブラシで集めては手の端からこぼれていく髪をどうにか一つにまとめ、ヘアゴムで縛り上げて、鏡の中の雛子の顔を見た。

「どう？」

明らかに雛子は不満げだった。あちこちから毛の束が飛び出していて、仕上がりはぼくの目から見てもひどいものだった。それでも雛子はしぶしぶというように、うなずいてくれた。ぼくの手際の悪さに、あきらめたという感じだった。

ぼくは兄弟がいないし、年下のいとこもいない。近所の子供に懐かれるという経験もなく、つまり、小さな子供の世話をしたことがないのだ。

だから5歳くらいの女の子に、何をどう世話をしてあげればいいのかもわからない。

あらゆる失敗を繰り返し、雛子に怒られながらぼくは学んでいった。

小さな雛子は、自分で顔を洗うことができるが、歯みがき粉をしぼることはできない。そもそも歯みがき粉はイチゴ味のものでなくてはだめで、今日は何もつけずに磨くことになった。歯ブラシが大きいことにも、当然文句を言われた。

ペットボトルの蓋は未開封の堅い状態では開けられないが、その後は手出し無用。下手に手伝うとまた怒られるはめになる。

「ねえ、本当に旅行続けるの？」

身支度を整え、荷物をまとめた玄関先で、ぼくはもう一度雛子に確認した。

子供になった雛子と旅を続けるよりも、彼女の家に帰るべきではないのだろうか。子供になってしまった雛子に雛子の両親もショックを受けるかもしれないが、この問題はぼく一人の手には負えない。

雛子がどうしてこんな状態になってしまったのかわからないが、もしかしたらおじさんやおばさんなら、理由や元に戻す方法を知っているのかもしれないのに。

「誰にも、ひみつ」

ぼくの心の内を読んだように、雛子は言った。唇の前に、指を一本立てて。

「誰にもって、君のお父さんやお母さんにも？」

「そう、ひみつ」

「でも、元に戻りたくない？」

雛子はピンとこないというように、首を傾げた。大人だった記憶がないのなら、元に戻るも何もないのだろうか。

「次へ、進む」

その言葉しか知らないインコのように、また雛子はそれを口にした。

仕方ない、とぼくは二人分の荷物を車に積みこむ。これからは、雛子の荷物もぼくが持って移動しなければならないのだ。

そうだ。雛子の靴、と一瞬慌てたが、雛子は下駄箱の中から、小さな靴を取り出した。今の雛子にピッタリの靴だった。

服も靴もシンデレラの魔法使いが用意したように出て来るが、恐らく雛子が昔この家に置いていったものが残っていただけなのだろう。

それとも……。

ふいに、昨夜の雛子の言葉を思い出した。

『明日の私をよろしくね』

雛子はこうなることを、予期していたのだろうか。服も靴も、あらかじめ雛子が用意していた可能性もある。本人にしかわからない、何かの予兆があるのかもしれなかった。

後部座席に座った雛子は背が低いために、シートベルトが首辺りにかかってしまう。本当ならチャイルドシートに乗せるべきなのだろうが、緊急事態なので、座席のクッションを重ねて調節してみた。

エンジンをかけると、雛子がうれしそうに宣言した。

「しゅっぱーつ、しんこーう」

車掌さんのまねのような口ぶりで、きっといつもやっていたのだろう。

その能天気な声に、ふっとぼくの気持ちも明るくなる。

ぼくの気持ちが沈みがちな時、考えすぎて頭に雨雲がかかってるみたい（雛子の表現だ）な時、その雨雲をはらってくれるのが雛子だった。

雛子の声が聞こえてくるようだった。あの能天気で明るい声で、そんな先のこと考えてもしょうがないよと、きっと彼女は言ってくれる。心配するのは一歩先だけ。常に一歩先のことだけ考えていれば大丈夫。それが、雛子の持論だ。

一歩先。つまり、次の行き先である母の故郷の島へ行くことだけ考えていればいい。小さな雛子が言っていた『次へ進む』も、そういう意味だったのかもしれない。

今日のルール。外へ出る時は右足から。

## (2) ボタン、つけ直してもいいですか?

昨日とは反対に、仙台方面へと向かう電車に揺られながら、ぼくは昨日と同じ田園風景を眺めていた。

昨日と違うのは、隣に座る雛子が子供だということだ。

北上から電車に乗りこんだ時は、雛子ははしゃいでおとなしくさせるのが大変なくらいだったが、振動のせいだろう。すぐに寝てしまった。

乗り換え駅までは寝かせてやるかと、枕として膝を提供してあげる。あどけないぷっくりとした頬を見ていると、不思議とこちらの口元も緩んでくる。

柔らかな大福のような頬をつつきたくなって、どうにかこらえる。

そう言えば、雛子とまだ付き合い始める前も、ぼくはよくそんなことを思っていたものだった。


ぼくは秋田の横手市で生まれ育った。父の実家がそこにあり、まだ両親が離婚する前は、実家近くの借家で親子三人で暮らしていた。

両親が離婚したのは、ぼくが小学校に上がる前の冬の終わりのことだった。

母はぼくを連れて実家のある故郷の島へと戻ったらしい。らしいというのは、その時期の記憶があいまいだからだ。

切り立った岩に、打ちつける波やそこに吹きつける雪の景色なんかは、頭の奥の方に残っている。それがきっと、母の故郷の島の景色なのだろう。

その島でぼくは小学校に入学し、半年ほどを過ごしたはずなのだが、その辺りの記憶はやはりない。初めてランドセルを背負ったことだとか、入学式のことだとか、覚えていてよさそうなものなのに、教師の顔すら覚えていないのだ。

どういう経緯があったのかわからないけど、夏休みを終えた後、気がつけばぼくは秋田の父のもとにいた。

父は実家に戻って暮らしていて、ぼくは地元の小学校に転校することになった。そこには同じ保育園に通っていた顔馴染みもいて、その辺からは記憶もはっきりしている。祖父母が買い直してくれたランドセルのベルトの堅さも、担任の先生の声も、夏休みにみんなが育てていた朝顔の鉢が自分だけなくて悲しかったことも。

父の実家は自分には居心地のいい場所だった。広々としていて、部屋数はたくさんあるし、ぼく専用の部屋ももらえた。ただ一人の孫であるぼくに祖父母は甘く、何でも買い与えようとするので父と時々そのことでケンカになるほどだった。

落ち着いていく生活の中で、ただ一つ気にかかっていたのは母のことだった。

『お母さんは、どうしてるの?』

そう尋ねると、あからさまに父の顔が曇った。どう説明しようかとぼくを気遣う様が、その表情から読み取れた。

『お母さんはね、病気で入院してるんだ』

会いたいと訴えるとその度に、まだ会える状態じゃないから、とか、病院が遠くにあるからとはぐらかされ続けて、いつの間にかぼくは小学三年生になっていた。

お母さんのお見舞いに行こうと、父の方から言い出した。電車に乗り、新幹線に乗り、着いたのは宮城県内の病院だった。

その一室に母はいた。体にはたくさんの管と機械が繋がれていた。顔には人工呼吸器を繋がれて。機械の音と呼吸器の音だけが、部屋の中に響いていた。

母はぼくが秋田に行ってからずっと、植物状態なのだという。その単語を聞いた小学生のぼくは、母は花のような存在になったのだなと思った。

それからは身近に花を見かけるたびに、ぼくはそれに話しかけた。母は花の仲間になったのだから、花の仲間同士で母にも声が届く気がしたのだ。


雪はあまり好きではなかった。

横手という場所は、冬は呆れるほど雪が降る。積もる。雪遊びもウインタースポーツも好きではなかったぼくにとって、雪というのは生活の邪魔になる存在でしかなかった。

冬になるたびに雪の壁に囲まれた歩道を歩いて通学する生活に嫌気が差して、ぼくは仙台の大学へ行くことを決めた。

父は、ぼくがあまり遠くへ行くことを望まなかった。せめて東北地方に留まって欲しいと考えていた。その中で雪が少ない場所を選んだ結果、仙台の大学で落ち着いたのだ。仙台も雪は降るけれど、やはり横手の雪の量とは比べ物にならない。冬場長靴なしで歩けるというだけで、十分快適だ。地下鉄のおかげで、冬の通学も苦にならなかった。

仙台での初めての冬が過ぎ、桜が散り、若葉が目に沁《し》みる季節になったころだった。

初めて、雛子に会ったのは。

アパートから地下鉄の駅へ向かう途中にそのカフェはあった。そこで時々学校帰りに、テイクアウトでコーヒーを買っていたのだ。

その日もいつものようにコーヒーを持ち帰りで注文して、聞き覚えのない店員さんの声に顔を上げると、新人らしい子がいた。

よく通る声が朝に聞こえる鳥のさえずりのようだった。艶《つや》やかな前髪の下の瞳がキラキラとまばゆくて、希望しか知らないような目だと思った。そしてふっくらと柔らかそうな、白い頬。

（つつきたい）

思わずそう思って、多分その瞬間にもうぼくは恋に落ちていたのだ。

その彼女が、雛子だった。

秋田出身だと言うと、美人が多い県だよねと返されることが多い。確かに秋田ではきれいな女性をよく見たような気がする。そういう人に共通しているのは、肌の美しさだ。

秋田は雪が多いので、冬の間は常に肌が保湿されているような状態なのだろう。それに加えて、紫外線を浴びる量も関東の人と比べれば少ないのだと思う。

そんな肌美人の多い県出身のぼくが見とれるほど、雛子の肌は肌理《きめ》が細かくて柔らかそうだった。

彼女に一目ぼれしたぼくは、足しげくカフェに通った。テイクアウトはやめ、店内でコーヒーを飲みながら本を読む振りをして、仕事をする雛子の姿を見つめた。

レジで注文する時の、ひと言ふた言の会話。それが精一杯だった。彼女がテーブルを拭くために店内を回っている時に、チャンスだと思って話しかけようとしても、いつも勇気が出ないまま終わってしまう。

忸怩《じくじ》たる思いを抱えていた、ある日のことだった。

父からスマホに留守番電話が入っていた。再生すると、機械的な声がそれを告げた。

「お母さんが、息を引き取ったそうだよ」

その足でぼくは、母の入院する沿岸部の病院へと向かった。父も留守電の中で、今から向かうと言っていた。

母は、父にもぼくにも看取られることなく、意識を取り戻さないまま、逝ってしまったのだ。

病院の近くの火葬場で、母の遺体を焼いてもらった。立ち会ったのはぼくと父の二人だけだ。

火葬場の煙突から白い煙が空へ上がっていくのを見つめた。

人はこんな時、何を思うものなんだろう。

きっと亡き人との思い出を、胸に描くのじゃないだろうか。

ぼくは意識して、母の記憶を辿ろうとした。

保育園まで手を繋ぎながら歩いたこと。寝る前に歌ってもらった、赤とんぼの歌。間違い探しの絵本をやると、いつもぼくが先に正解を見つけること。それが母の優しさだったこと。

そして……。

煙突から上る煙が、突然目の前いっぱいに広がった気がした。

息ができない、頭が割れそうに痛い。

『お母さん、お母さん』

ぼくを抱いた母の手から、力が抜けていく。

頭に手を当ててアスファルトにしゃがみこむと、隣にいた父が「どうした」とぼくを覗きこんだ。

「父さん、あの島で、何があったの？」

記憶にない、あの時期。両親が離婚した後、母と二人で住んでいたはずのあの島で、何かがあったのだ。

母が意識を失うことになった、何かが。


一枚の新聞記事の切り抜きを、父は見せてくれた。

場所は越秋島。母の実家がある島だ。

地方新聞に載ったのであろう小さな記事だった。自宅敷地にある小屋で、パート従業員の笹原静子《ささはらしずこ》さん（35歳）と長男の晴文君（7歳）が倒れているのを親族の男性が発見した。静子さんは意識不明の状態で病院に搬送され、晴文君は軽症。小屋の中には練炭が焚かれた形跡があり、警察が詳しく状況を調べている。

「無理心中？」

新聞記事に書かれた状況を端的に表す言葉は、それしかないように思えた。

「警察は、そういう見解で結論づけたようだ。その親族の男性っていうのが、お母さんのお兄さんの貴司《たかし》伯父さんだ」

貴司伯父さんの顔を思い出そうとしても、逆光のように暗くなった姿しか出て来ない。

「その夜貴司さんは漁協の集まりで家にいなかったそうだ。それで戻ってみたら二人の靴がないのに気づいて、辺りを探して小屋で倒れている二人を見つけたそうだ。小屋の中には七輪があって、練炭が焚かれていた。声をかけたら晴文はすぐに気がついたそうだが、お母さんは……。その時意識をなくしたまま、ずっと病院であの状態だった」

母方の祖母はぼくが生まれる前に亡くなったと聞いている。祖父が亡くなったのは、両親が離婚する前の年だったはずだ。母は離婚後に実家に身を寄せたけれど、そこには独身の貴司さんが住んでいたのだ。

「どうして、そんなこと……」

ニュースで似たような事件を聞くたびに、ぼくは憤ったものだった。子供の命を母親が好きにしていいはずがないのに、と。

ぼくの記憶の中の母は、優しく温かく、いつでもぼくの身の安全を気にかけてくれる人だった。そんな母が、ぼくの命を刈り取ろうとしたなんて、信じられなかった。

「離婚する半年くらい前からお母さんは精神的に不安定になっていてな、病院に行くことを勧めたんだが拒まれて。それである日突然お前を連れて島へ帰ってしまった。離婚届だけが残されていて……。貴司さんの話では向こうでも不安定だったようで、夜に家を空けないように気をつけていたところだったそうだ。あの日集まりに出なければって、悔やんでいたな」

母は、死のうとした。

ぼくを一緒に連れていこうとした。

どうしてぼくだけが、助かったのだろう。

母のお葬式は横手市の葬儀会館で執り行うことになった。

貴司伯父さんももういないので、母の親族で出席してくれそうな人はいなかった。母の知人や友人に声をかけ、後は父側の親戚が出席するだけだ。

新幹線で横手まで行くつもりだったぼくは、その朝、喪服姿でアパートを出た。

気分は最悪だった。

父にあの話を聞いてからというもの、毎晩のように悪夢にうなされていた。例の小屋から怪物が飛び出してきたり、あらゆる手段でぼくを手にかけようとする母から逃げようとしたり。そんな内容の夢ばかりだった。

こんな気持ちのままで、母の遺影に向き合うのかと考えると憂鬱でしかなかった。

母はどうしてぼくを殺そうとしたんだろう。

悲しいとか寂しいとかの前に、まずその疑問が来てしまう。

このままではだめだと、気分転換のため地下鉄に乗る前にいつものカフェに寄った。

その日は土曜日で、雛子は朝からバイトに入っていた。彼女の顔が見られてラッキーだと思いながらコーヒーのカップを受け取ると、何だか雛子がまじまじとぼくの手首の辺りを見ている。

何だろうと思いながらも取りあえず席について手首を返して見ると、上着の袖のボタンが取れかかっていた。糸一本でかろうじてぶら下がっているという状態だ。

新幹線を降りたらそのまま会館に向かう予定だったので、まずいなあと焦った。

このまま行っては、父と祖母にだらしないと怒られるのは必至だ。実家に寄っている暇はなさそうだし、針と糸を買って新幹線の中でつけ直すしかないだろうか。正直自分にできるか、自信がない。

「あのう」

顔を上げると、雛子がそこにいた。驚いたせいで、いじっていたボタンをむしり取ってしまった。

「あー、やっちゃった」

ついに最後の糸までちぎれてしまった。いっそ、ボタンのない状態で行けば、誰にも気づかれないのじゃないだろうか。そんなことを思っていると、雛子があの鳥のさえずりのような声で話しかけて来る。

「すみません。ここ、座っていいですか？」

「ど、どうぞ」

雛子はぼくの向かいの席に腰かけた。仕事中にいいんだろうか。

「あの、私、今休憩もらってきたんですけど……」

恥ずかしそうに下を向きながら話し始めた雛子に、ぼくの心臓は高鳴った。

これはひょっとして、ひょっとするのか？

こちらから話しかけるチャンスを狙っていたけど、もしかしたら彼女のほうも、同じ気持ちでいてくれたんだろうか。

意を決したように雛子が顔を上げる。その手に握られていたのは、キャンディーの赤い缶だった。

「ボタン、つけ直してもいいですか？」

「ボタン？」

雛子の目線の先には、ボタンの取れたぼくの袖がある。

「それ、喪服ですよね？　ボタン取れたままじゃ、まずいんじゃないかと思いまして」

「うん、まずい。このまま新幹線に乗って、会場に直行する予定だったから」

「それはまずいです。上着、脱いでもらってもいいですか」

雛子はパカンと音を立てて、キャンディー缶の蓋を開けた。中に入っていたのはお馴染みのママの味ではなく、糸と小さなハサミと針入れだった。

（何だ、そういうことか）

下手に期待してしまった分、気持ちが沈んでしまった。

上着を脱いで渡すと、雛子はイスをもう一脚持ってきて自分の横に置き、それに上着を掛けた。喪服の袖からはみ出た糸を抜いたり切ったりすると、針に黒い糸を通す。

その一瞬スッと細められた目とその表情に、心臓を貫かれた気がした。見えない針で。

仕事中の雛子はいつも笑顔で、ぼくは雛子の口角を上げた顔しか知らなかった。その瞬間ぼくは雛子の別の顔を知ったのだ。針に糸を通すその一瞬、雛子は狙いを定めるスナイパーのように真剣な眼差しとなった。

ボタンの位置を確認すると、スイスイと雛子はボタンを縫いつけていった。針先に迷いはなく、真っ直ぐ刺しては抜いていく。明らかに針仕事に慣れている手つきだった。

「手芸が、趣味なんですか？」

そう声をかけると、「いいえ」ときっぱりとした声が返ってきた。

「趣味ではなく、仕事にしたいと思っています」

針をスイッと引き上げながら、雛子はぼくを見てかすかに笑った。ほんのちょっと苦みを含んでいるような、それ故に甘さを引き立てるといった笑顔だった。お店で見せるいつもの笑顔はきっぱりと明るいだけのもので、それが、営業用スマイルだったとわかった。

「お葬式……ですか?」

こちらの出方を窺うように、雛子が訊ねてきた。親戚と言ってごまかすこともできた

だろう。でもぼくは、本当のことを言うことにした。

「ええ、お葬式です。母の」

いきなり空気を重くして、申し訳ない。

こんなことを打ち明けたところで、返す方も困るだろうに。

ごめんなさいという言葉が返ってくるだろうと予想していた。その後の空気の気まず

さまで、読めていた。

だけど雛子の返しは、予想を裏切って来た。

「頑張って来てくださいね」

ボタンにグルグルと糸を巻きつけて、もう一度針を刺し、玉止めすると、雛子はチョ

ンと糸を切った。

「お母さんと、ちゃんとお別れできますように」

重いパスをしっかりと受け止めて、ポジティブに返してくる。

上着を受け取ると、自分の頭の上に垂れこめていた重苦しい雲が、一掃されていく気分だった。

考えても答えが出るわけでもないことで、悩み続けていても仕方ない。

そして今日は、母のお葬式の日なのだ。

ぼくのするべきことは、母の遺影に向き合って、ちゃんと悲しんで、お別れすることだった。

「うん、ありがとう」

上着に袖を通すと、彼女のつけ直してくれたボタンだけが、輝いて見えた。今日一日ぼくを守ってくれる、お守りのようだ。

「では、行ってらっしゃい」

ペコッと頭を下げて、赤い缶を手に彼女は颯爽と去っていった。何だか、シンデレラの魔法使いのようだった。

雛子のつけてくれたお守りのおかげで、無事に母との最後のお別れをすることができた。

お葬式が終わって、遺されたのが母の遺骨だった。

もう離婚したのだから、横手にあるお墓に入れるわけにはいかないだろうと、父の親戚から反対の声が上がった。

かと言って、母の実家の方にはもう親族がおらず、そちらのお墓に勝手に納めることもできない。

父と話し合った結果、横手市にある納骨堂に母の遺骨を納めることになった。

後のことを父に託して帰る間際、白い布に包まれた母の骨壺を撫でた。

「また、会いに来るから」

胸がツンとなったのは、それがいつも病室で去り際に言っていた言葉だと気づいたからだ。

母は何も返さなかった。

病室でも遺骨になっても、それは変わらなかった。

ボタンをつけ直してくれたお礼にと、きりたんぽ鍋のセットをお土産に買い、翌日カフェで雛子に渡した。

「わあ、きりたんぽ、ありがとうございます。あ、せっかくだから、一緒に食べませんか？」

「い、一緒に？」

「今日の夜は空いてますか？」

その日はバイトも入れていなかったから、予定はがら空きではあった。

「あ、空いてる」

「じゃあ、連絡先交換しましょう。後で地図送りますから」

雛子はレジを代わってもらうと、スマホを取り出し慣れた様子でアドレスの画面を出した。ほんの数分で、ぼくは雛子のフルネームと連絡先を入手することに成功してしまった。

アパートへ帰る道すがら夢ではないかと何度も自分で腕をつねってみて、夢ではないと確信してからは、どうしよう？　と、いいのか？　が頭の中に吹き荒れた。

年ごろの女性の部屋にいきなり招き入れられるとか、そんなことあっていいんだろうか。そもそも二人っきりで、何を話せばいいんだろう。

カフェに通っている時は、二人きりで話したいとあれほど望んでいたにもかかわらず、いざその状況に放りこまれるとなると、パニックになって逃げたいとすら思ってしまう。悶々としているうちに約束の時間が近づき、ぼくは部屋を出た。地下鉄に乗って二駅。地上に出て住宅街の中を雛子から送られてきた地図を見ながら歩いていく。

辺りに広がるのは一戸建ての住宅ばかりで、その辺りでぼくは自分の愚かさに気づき始めた。

雛子は恐らく、学生だ。自分がアパートで独り暮らしをしているものだから、雛子もそうなのだろうと勝手に思いこんでいたが、そうではない可能性も当然あるのだ。自宅で家族と一緒に暮らしている。その可能性を、どういうわけかぼくは一度も考えてもみなかった。

指示された番地に辿り着き、その家の前に立った瞬間、今日の午後を無駄に逡巡《しゅんじゅん》して過ごしたことがはっきりとした。二階建ての一戸建てで、玄関には家長であるらしい男性の名が記されている。

雛子は、実家暮らしなのだ。

お土産をもらっただけの男をホイホイと家に招いてくれたのも、家族が一緒だから安心という理由あってこそだった。

半日分の緊張とドキドキと、ちょっとだけの下心全てをがっかりに変えて、ぼくはインターフォンを鳴らした。


思ったとおり雛子の家には、雛子の両親も揃っていた。雛子は一人っ子だそうで、お母さんにはしきりにお土産のお礼を言われ、お父さんには眼光鋭く初対面で牽制を受けた。

有頂天からがっかりに急降下していたぼくをちょっとだけ浮上させてくれたのは、お母さんの言葉だった。

「雛子が男の子をうちに連れて来るの、小学生の時以来ね」

「だってお土産もらっちゃったんだもん」

と雛子も、照れたように言っている。

「さあ、食べましょう」

食卓について、ぼくはもう一つの失敗に気がついた。

今は七月の末だ。気温は上がり、連日真夏日となっている。そんな暑い時期に、きりたんぽ鍋をお土産にするなんて、大失敗もいいところじゃないか。

そんなぼくの顔色に気づいたのか、お母さんと雛子とが取り成すように言ってくれた。

「暑い時に熱い鍋って、おつよねえ」

「エアコンの温度低めにしてますから、遠慮なくどうぞ」

「で、ではいただきます」

白菜やキノコのたっぷり入った熱々の鍋を、真夏に食べるというのは、季節を司る神様に怒られそうな行為だったが、やってみると悪くなかった。

「秋田出身なんですって？　きりたんぽも、よく食べるんでしょ？」

「うちは、そんなには食べないんですよ。年に一度か二度って感じで。おばあちゃんが作ってくれるんですけど、やっぱり大変みたいです」

「ご飯つぶして、棒に巻きつけて焼くんだっけ。それは、手間かかってるよねえ」

部屋の中にはあちこちに雛子の写真が飾ってあった。赤ちゃん時代から小学校中学校の入学式の写真。その中の一枚に視線が吸い寄せられる。

上は深緑色のビロードのような生地。スカートはもう少し薄い色の膝丈で、そのスカートの上に妖精の羽のような形と質感の薄い生地が、何枚も重ねられている。

幼い頃見たアニメのキャラクターの姿が、頭に浮かんだ。

「ティンカーベル？」

ぼくの言葉にみんながその写真に注目する。雛子が「うわあ」と恥ずかしそうに顔を覆った。おばさんが嬉々として教えてくれる。

「そうそう、ティンカーベルのイメージで、この子が作った服なのよ」

「作ったって、え、高校生くらいに見えますけど？」

「そうよ、これは高三の文化祭の時の写真。手芸部のステージ発表でね、みんな自分でデザインして作った服を着て出て来たの。雛子はティンカーベルをイメージしてこの衣装を作ったのよ」

「羽が……ないけど」

ティンカーベルと言えば妖精で、背中に羽があるのが特徴だ。でも写真の雛子の背中に、羽はない。

「コスプレじゃないのー！」

顔を覆ったまま、雛子が叫んだ。

「羽のイメージを、スカートのデザインに落としこんでるんです」

確かに最初に感じた印象で、スカート部分を妖精の羽のようだと思ったのだった。

「このスカート、作るの大変じゃない？」

「そう！」

やっと顔から手を離した雛子が、ブンと音がするほど勢いよくうなずいた。

「うっすいサテン生地でね、ミシンで縫うと、よれるし縮むしで、何度もやり直したのよ。しかも、これ、20枚もあるんだから」

熱をこめて語る雛子に、おばさんが困ったように笑っている。

「誰に似たのか、小学生の時からミシンでいつも何か縫っててねえ。私なんか裾直しでミシン使うだけなのに」

「いや、高校生で服作れるなんて、すごいですよ。ぼくなんて、ボタン一つ取れただけで、おろおろするくらいだから」

「あら、うちのお父さんなんて、針持ったこともないわよ」

「やろうとしても、老眼で針に糸が通せないんだ」

「やだ、老眼のせいにして。老眼になる前から、やったことなかったじゃない」

おじさんとおばさんのやり取りに、雛子が肩をすくめて恥ずかしそうに笑っている。

何とも言えない、温かな空気がそこにあった。お客さんがいるからといって、取り繕うこともなく、普段の家族の空間にぼくを混ぜてくれている。

鍋を食べながら、ぼくは雛子がどんな風にソーイングにのめりこんでいったかを聞き、この春に服飾系の専門学校に入学したこと、将来は服を作る人になりたいと思っていることを知ったのだった。

その数日間で、ぼくは雛子の色んな表情を見た。針に糸を通す時の真剣な眼差し。わずかに苦みを含んだ笑み。服作りのことになると、ギアが入ったように語りに熱がこもること。そして語っている時の、ダイヤモンドのように輝く瞳。

知れば知るほど、雛子は魅力的な人だった。

こんなに素敵な人に恋人がいないはずがないと思いながらも、男の子を連れて来るのは小学生の時以来という言葉をぼくは信じることにした。

焦ってはならないと自分に言い聞かせ、今までどおり雛子のバイトしている時間帯にカフェに通い続けた。

顔を合わせるたびに雛子との間に、二往復ほどの会話が成立するようになっていった。

カウンターがすいていて、雛子がフロア掃除に出て来た時は、もっと長く会話することもあった。

お互いの学校が夏休みに入り、雛子は日中もバイトに入るようになった。ぼくも休みの間に稼いでおきたかったので、昼からバイトに入ることが多かった。

カフェに寄るたび「今日もバイト?」「そう、そっちも?」という会話を交わし、ある日雛子がポロッとこぼした。

「もう、バイトばっかりで、この夏どこにも遊びに行ってない」

チャンスの女神がぼくの後ろで、ラッパを吹き鳴らしたような気がした。今だ、と。

「一緒にどこか行く?」

声が震えそうになって、どうにか腹に力をこめてこらえた。

あくまでも軽いノリで。友達を誘う感覚で。

それはきっと、断られた時の予防線だった。

「え、えっと……」

困ったように、雛子の目が泳いだ。ああ、ダメかと胸の中だけで落ちこんだ時だった。

「行きましょう」

意を決したように、雛子が言った。その声音も表情も真剣そのもので、まるで決戦に向かう前の武士のようだった。

メッセージをやり取りし、お互いの好きなもの、行きたいところをすり合わせた結果、水族館に行くことでまとまった。

八月の最終週の平日。小中学校は夏休みが終わっている時期だから、混雑は避けられそうだった。

待ち合わせ場所はわかりやすく、仙台駅の二階にあるステンドグラス前にした。

家にいても落ち着かないので、早めに地下鉄に乗り、待ち合わせ場所についたのは約束の時間の30分も前だった。

巨大なステンドグラスはいつ見ても壮観だった。仙台名物の七夕祭りの吹き流しが中央にあしらわれ、左角には伊達政宗もいる。嵌めこまれたガラスの色が日に透けて、床や天井に色つきの影を落としている。ガラスに見入りながらゆっくり移動していると、同じように反対方向から移動してきた人と肩がぶつかってしまった。

「あ、すみません」

「いえ、こちらこそ。見入ってしまっていて」

謝り合って顔を上げて、はっとした。雛子だった。

「は、晴文さん⁉　早いですね」

彼女に下の名前で呼ばれるのは初めてのことで、うれしさとこそばゆさで、顔がにやけそうになる。

「そっちこそ。まだ、30分前だよね」

「何かソワソワして落ち着かなくて。ステンドグラスも見たかったし」

「うん、ぼくも同じ」

笑い合って、「じゃあ行こうか」と仙石線の乗り場へと移動した。

雛子はブルーグレーの生地にミモザの柄が散ったワンピースを着ていた。襟元や袖についたボタンはガラス製で、その中にもミモザの模様が入っている。

「そのワンピース、素敵だね。ボタンまで、ミモザだ」

パッと雛子の頬にバラの花が咲いた。

「これ、自分で作ったんです」

自宅にお邪魔した時に服も作れるという話は聞いていたが、ここまで手のこんだものだとは思わなかった。売られている服と変わりないレベルだ。

「そういう生地とかボタンとか、どこに売ってるの？」

「手芸屋さんです。普通の子がショップ回る感覚で、私は手芸屋さん巡りするんですよ。あ、このボタンは、百均で見つけたんですけど」

「百均なの、それ」

「ガラスっぽく見えるけど、アクリル素材ですよ。こういう掘り出し物があるから、百均巡りも欠かさないんです。この間なんか、インド刺繍のリボンを見つけて、思わず叫んじゃいましたよ」

インド刺繍がどんなものかもわからないけど、興奮して語る雛子がかわいくて、微笑みながら相槌を打つ。

電車に乗っている間も、駅から水族館まで歩く間も、途切れなく会話は続いた。仙台駅からの勢いのままに雛子がソーイングの話を続けていたのだが、自分ばかりしゃべり過ぎているとある瞬間に気づいたようで、ぼくに話を振って来た。

「晴文さんは、趣味ってなんですか？」

「うーん、流行りの動画やアニメはひととおり見る感じだけど。後は時間があれば映画見てるかな」

「映画って、どんなジャンルですか？」

「ゾンビ映画とか、ホラーとか」

雛子の笑顔が引きつった。苦手な分野らしい。

「怖いの苦手？」

「はい、血を見るのがそもそもダメで。ゾンビものって、どういうところがおもしろいんですか？」

今度はぼくが語る番だった。まずはゾンビ映画の元祖と言える作品の魅力について語り、ここ最近のお気に入り作品について語った。雛子が「そもそもどうして、ゾンビになるんですか？」と問いかけたことで、ゾンビに噛まれることであったり、ウイルスであったりと、話が止まらなくなりそうなところで、水族館に到着した。

この辺りは港が近くにあり、潮の香りがする。

潮の香りを嗅ぐと、わけもなく胸の底がざわざわとし始める。封印していた悪い怪物がそこからやって来そうで、ぼくは意識的に潮の香りを頭から締め出した。

「じゃあ、中に入ろうか」

平日で小中学校は始まっているにもかかわらず、水族館の中はそこそこ賑わっていた。家族連れは確かに少ないけれど、ぼく達のような学生風の若者が多い。

チケットを買い中に入ってしばらく進むと、大水槽が出迎えてくれた。周りは暗い中水槽の上から明るい陽光が降り注いでいて、まるで海の底から景色を眺めているようだ。

「海の中にいるみたい」

「だね」

水槽の中の景色に見とれて、しばらく二人ともそこから動けなかった。

マイワシの群れが一匹の巨大な銀の魚のように泳いでいたかと思うと、他の魚が群れに突っこんで来て、パッと散り散りになっていく。一塊の雲が霧になって消えていくような、不思議な光景だった。そうかと思うと、またあちこちからマイワシが集まってきて、銀色の体を翻《ひるがえ》しながら一つの集合体となっていく。

「イワシの動き見てると、飽きないね」

「ほんと」

夢中になって水槽を覗きこむ雛子の横顔を、こっそり眺める。水槽の光が瞳に映り、その中で魚が泳いでいる。

水槽の前が混みあって来たので、そっと雛子の肩をつついて、「そろそろ進もうか」と促した。

「ご、ごめんなさい、夢中になっちゃって」

一階は日本の海の生き物が展示されている。順路に従って屋外に出ると、ペンギンゾーンが広がっていた。

「きゃー、ペンギン」

子供のようにはしゃいだ声を上げて、雛子は柵にはりついてペンギンを見つめている。

「ペンギンの足は、実は長いって知ってる？」

とっておきの雑学を披露すると、雛子はクフフと不敵に笑った。

「知ってますよ。生き物系にはちょっと強いんです、私。じゃあ、こういうのは知ってます？　パンダには６本目の指がある」

「え、知らない」

「正確には肉球なんですけどね、竹をつかむために進化したらしいですよ」

得意げに笑って雛子は次々と雑学を披露した。ぼくが知っているものもあれば、初耳のものもある。

「そうだ、チンアナゴ」

「チンアナゴ？」

「水族館で一番見たかったのが、チンアナゴなんです。見に行きましょう」

チンアナゴに対するぼくのイメージは、アナゴを細長くして、白黒に塗ったものという程度のものだった。雛子にとってはあれが、ペンギンやアシカよりも上位に来るというのだろうか。

「じゃあ、もう一つ雑学を。チンアナゴはみんな同じ方向を向いている」

「うそだー」

「じゃあ、確かめてみましょう」

チンアナゴの展示されている水槽には、黄色のニシキアナゴというのもいた。砂からにょきにょきと生えているようで、それぞれゆっくり体を揺らしている。

雛子の言ったことが本当かどうか確かめてみると、確かにどのチンアナゴも同じ方向に顔を向けている。

「ほんとに、同じ方を向いてる」

「チンアナゴって砂から生えてるから動けないじゃないですか。ああやって、水が流れてくる方向に顔を向けて、エサが流れて来るのを待ってるんですよ」

「待ってれば、エサの方から来てくれるの？」

「はい。キャッチする時は、ちょっと顔を調整しますけど」

「何か、いい生き方だな」

「ね」

雛子と顔を見合わせて、笑い合って、何でか突然恥ずかしくなって顔をそむけてしまった。そっと雛子の様子を確認すると、雛子も明後日の方を向いて、ちょっと早口になって話を続けた。

「あと、チンアナゴって実は長いんですよ。砂の中に隠れてる部分が、想像以上に長いんです」

「それ想像すると、あんまりかわいくないかも」

「はい。砂から出てる姿は、あんまりかわいくないです」

再び一緒に笑い合って、今度はぼくは顔をそらさなかった。雛子だけが照れくさそうにはにかんで、スマホで時間を確認した。

「あ、そろそろアシカショーの時間ですよ。行きましょう」

アシカショーを見て、残りの展示を回って、フードコートでお昼を食べ、お土産コーナーで雛子はチンアナゴのぬいぐるみを買った。

それでデートと言えるのかどうかわからないけど、今日予定していたスケジュールは終了だった。

今度はここの近くのアウトレットモールを回ってみたいなとか、ちょっと遠出して松《まつ》島《しま》に行ってみようかとか、次の予定を口にしそうになっては胸の中に押し戻した。

ぼくと彼女の関係は、まだ何も始まっていない。

今はまだ、カフェの店員とそこの常連客というそれだけの関係性だ。

言わなければ、何も始まらない。

次の予定があるのかも、二人の未来が交わっていくのかも。

この想いを告げないことには、何も始まらないのだ。

帰路につき、仙台駅へと戻り、ぼく達は待ち合わせ場所のステンドグラス前にいた。

さっきからだらだらとしゃべり続けているのはぼくばかりで、雛子のほうはどこで「じゃあまた」と言おうかとタイミングを計っている雰囲気だ。

「あの、私……」

彼女が別れの言葉を口にするより先に言わなければと、「ぼくは……」と声をかぶせた。

「ぼくは、あなたのことが好きです」

この告白に失敗したら、もう店員と常連客という関係にすら戻れないかもしれない。

それでもこの一歩を踏み出さなければ、ぼくと彼女の未来は交わらないと思ったのだ。

「ぼくと、付き合ってください」

ガバッと頭を下げると、視界の端に床に落ちたステンドグラスの青い影が見えた。宝石のようだと思った瞬間、記憶の片隅を何かが過《よぎ》った。

何だろう。いつかも、こんなことを思った。

もっとずっと、視界が床に近かったころ。

だけどその記憶を辿る前に、視界に雛子のサンダルが入って来た。

茶色い革製のサンダルから爪先がのぞいていて、その爪がほんのりとピンク色に塗られているのが見えた。

「私がさっき言おうとしたこと、聞いてくれますか？」

「え、う、うん」

しまった。話を遮ったことを怒っているのだろうかと思いながら顔を上げると、挑むような顔つきの雛子がいた。一緒に水族館に行くと決めた時の顔と同じ、決戦に向かう前の武士のような表情だった。

「私、晴文さんに好意を持っています」

厳しい顔つきのままでそう言われて、しばらくの間それがいい意味なのだと気がつかなかった。

「もっとあなたと話をして、今日みたいに一緒に色々なところへ行ってみたいと思いました。だから……」

雛子の手が、そっとぼくの左手を取り、両手で包んだ。

温かくてマシュマロのような感触の手の平だった。その温かさを確かに知っていると思った。

「よろしくお願いします」

ぼくの手を握ったまま、雛子がペコリと頭を下げる。きれいに髪を編みこんだその後頭部を眺めながら、何をお願いされているんだろうと、しばしポカンとしてしまった。

5秒くらいたっぷり考えこんだ後で、さっき自分が言った言葉への答えなのだと気づき、「うわあっ」と叫んでしまった。

雛子が不審げにぼくの顔を窺っている。

「ご、ごめん。喜びの雄たけびです。まさか、オッケーだとは思わなくて」

雛子の表情がほころんだ。花が開く瞬間を早回しにしたような笑顔だった。目を合わせて笑い合い、今度は二人とも、照れて顔をそむけるようなことはしなかった。

## (3) 神様が砂糖と塩を間違えたから

降りるべき駅名が告げられて、ぼくは我に返り、自分にもたれかかって眠る小さな雛子を揺すった。

「雛子ちゃん、起きて。降りるよ」

電車の速度が緩やかになり、負荷が体にかかる。雛子は目を開けたものの、状況がわからないようにぼんやりとして、ぼくの顔を見ると手を払いのけた。

「お母さんは？」

「お、お母さんはね、えっと」

雛子の顔が泣き出しそうに歪む。電車の速度がさらに落ちる。まずは電車を降りてから雛子をなだめようと、二人分の荷物を肩から下げ、空いた手で雛子の手を引いた。

「ほら、ここで降りるんだよ」

「やだっ、お母さんは？　お母さん！　お兄ちゃん、だれ？」

それまで、子供がぐずって大変そうだなと見ていた他の乗客達の目が、いっせいにツララのような鋭利さと冷たさを持った。

電車が停まりドアが開く。終着駅なので乗客は皆ドアを目指していた。ぐずった雛子を連れているので最後に降りようと待っていると、向かいの席に座っていた中年の女性がじっとこちらを睨んでいる。

「ねえ、あなた」

「ぼ、ぼくでしょうか？」

「ええ。その女の子は、あなたとどういう関係？」

雛子はまだ眠たそうにグズグズとしていて、ぼくの手を払いのけようとしている。

「い、とこです。親戚の家まで送るよう頼まれていて」

「ねえ、お嬢ちゃん、このお兄さんのこと、あなたは知ってるの？」

心の中で手を合わせながら、ぼくは雛子の返事を待った。

「知らない人」

無邪気なその言葉が放たれた瞬間、おばさんが鬼のような形相で駅員を呼びに走った。

駅員に捕まってしまったぼくは、駅事務所へと連れて行かれた。

おばさんは、明らかにぼくを誘拐犯だと疑い、駅員に向かって「警察警察」とまくしたてていた。

「でも、行方不明の女児がいるっていう情報は入ってませんしねえ。疑って間違いだったら、問題になりますよ」

「だってあの子、この人のこと知らないって言うのよ」

雛子はトイレに行きたいと言い出し、女性駅員と一緒にいなくなってしまった。ぼくの潔白を証明できる人などいないのだ。

「親戚なら、あの子の親御さんの連絡先も知ってますよね」

「し、知ってますけど」

知っているけど、雛子の両親にこの状況をどう伝えられるというのか。

「では、親御さんに電話して、確かめさせていただきますね」

もう、なるようになれと、ぼくはスマホに登録してある雛子の家の電話番号を駅員に伝えた。

固定電話から電話をかけた駅員は、こちらをチラチラと見ながら「堀内雛子さんのお宅でしょうか」と言った。雛子のお父さんかお母さんか、どちらかが出てくれたようだ。

「ええ、そうです。大森晴文さんという大学生の方と一緒なんですが」

向こうの声は聞こえないので、駅員の「はい、はい」という相槌でしか様子を窺うことができない。

せめて誘拐犯という疑いは晴れて欲しいと祈っていると、駅員が受話器を置いた。

「雛子さんのお母さんと、お話ができました」

その表情はにこやかだけど、にこやかに警察を呼ばれるのではないかと、不安でならなかった。

「晴文さんと出かけるというのは、親御さんも了承ずみだそうです。思わず大丈夫ですか？　って聞いてしまったんですが、晴文さんのことを信用しているから、大丈夫ですよって。逆にどうしてそんなに心配するんですかって、聞かれてしまいましてね」

どうやら雛子のお母さんには、雛子が子供になっていることが伝わっていないらしい。その状態で、うまく会話が成立してくれたのだろう。

話を聞いたおばさんの顔から険しさが抜けて、うろたえた顔になった。

「あら、でも、あの子確かに……」

「おにいちゃーん」

事務室に駆けこんで来たのは、雛子だった。ウサギのぬいぐるみを抱きしめて駆け寄ってくると、ぼくの足にギュッとしがみついた。

「お嬢ちゃん、さっきその人のこと知らないって言ってたじゃない」

「眠たくて、忘れてたの。ごめんなさい」

雛子の顔が泣きそうに歪んだのを見て、おばさんは「あらあら」としゃがみこんだ。

「このお兄さんは、いい人？　本当に大丈夫？」

「いい人だよ。お姉さんがいい人って言ってるから」

「そう、ならいいんだけど」

おばさんは雛子の頭を撫でると、バツが悪そうにぼくに頭を下げた。

「ごめんなさいね。疑ってしまって。そう言えばうちの子も、寝起きの悪い子で、変なぐずり方をしたものだったわ」

「いえ、疑いが晴れたのなら、いいんです」

無事無罪放免となり、ぼく達は駅事務所から解放された。


次の電車まで時間に余裕があったおかげで、予定どおりの電車に乗ることができた。また小一時間の移動となる。

小さな雛子は、もううっかり寝たりしないようにと頑張っているようだった。

こんな状況でのんびり車窓を楽しむ余裕もなく、小さな雛子とのおしゃべりが弾むこともなく、やっぱり新幹線にするんだったとため息をついた時だった。

「お兄ちゃんのお名前、何」

「晴文です」

もう忘れてしまったのかと、顔には出さずにがっかりする。

「はるうみさん、しりとりしよう」

突然そう言ったかと思うと、雛子はしりとりを始めた。

「からす」

「するめ」

「めだか」

「かえる」

正直大人がこれをやっても、退屈でしかない。なるべく小さな子にもわかる言葉で返そうとするから、気も遣う。

つまらないし疲れたと心の中だけで考えていると、「メロン」と言って、雛子が自爆した。

「負けちゃったー」とあまり悔しくもなさそうに言って、雛子はおしゃべりを始めた。

「あのねー、幼稚園のさえちゃんが、折り紙でイチゴ作ってくれたんだけど――」

長々と要領を得ない話をしていたかと思うと、落ちもなく突然話が変わる。

「それで、ゆう君って子が虫好きで、トンボとって来てくれるんだけど、ひなこがいらないって言っても持ってきて――」

雛子のおしゃべりは同じところをグルグル回ったり、突然違う場所に飛んでいったりと、何について話したいのかを摑むのが難しい。

しばらく聞いていて気がついた。彼女は話したいことを話しているだけで、ぼくにわかってもらおうとはしていないのだ。このくらいの子供というのは、こういう一方的なおしゃべりをするものなのかもしれない。

ならば聞き役に徹しようと、ぼくはうんうんとうなずきながら、雛子のおしゃべりに耳を傾けた。

しゃべり疲れたのか、雛子がふっと黙りこむ。その時、雛子が抱きしめたウサギの耳が、ふるふると震えているのに気がついた。

ウサギを抱きしめてギュッと固めたその拳が、震えているのだ。

無邪気におしゃべりに興じているように見えたけど、本当は雛子は不安でならないのではないだろうか。

雛子はぼくのことを覚えていないと言った。幼稚園時代のことを語れるということは、その辺りまで意識も戻っているのかもしれない。

雛子にとっては初対面である大人の男と二人っきりで旅をするなんて、子供心には不安でたまらないはずなのだ。

その不安をごまかすための、しりとりであり、おしゃべりなのじゃないだろうか。

そんなことにも気づかずに、退屈だとか、話が要領を得ないとか思っていた自分が恥ずかしかった。

「ねえ、雛子ちゃん」

「なあに」

「どっちが先に見つけられるかゲームやろうか」

「どういうの、それ」

「見つけるものを決めて、先にそれを見つけたほうの勝ち」

「やる！」

「じゃあ、雛子ちゃんが決めて。見つけるもの」

窓の外には畑や田んぼが広がっている。雛子はそれを見ながらしばらく考えて、「赤い屋根のおうち」と言った。

二人で流れ去っていく景色を見つめ続けた。山が過ぎ、空き地が過ぎ、ポツポツと家が立ち並ぶ場所に入っていく。

（あっ……）と思ったけど、ぼくは言葉を呑みこんだ。次の瞬間、雛子が声を上げた。

「赤い屋根、みっけ」

赤い屋根の家が近づいて来て、飛ぶように過ぎ去っていく。

「雛子ちゃんの勝ち」

満足げに笑う雛子を見て、胸の底がくすぐられるようなこそばゆい思いがした。本当は雛子より先に見つけていたけれど、言わなくてよかった。

ぼくがこの雛子くらいの年のころ、母と一緒にミッケの絵本をよく読んでいた。見つけるのはいつもぼくが先で、どうしても見つけられない時は、母が「この辺にありそうかなあ」と指をぐるぐるさせる。するとその近くに、答えが隠れているのだ。

子供のころのぼくは、母は特殊能力の持ち主じゃないかと思っていた。答えがありそうな場所がわかる特殊能力。でもそんなことはなかったのだ。母はいち早く答えを見つけながら、ぼくが見つけるまで黙っていたのだ。ぼくのプライドを傷つけないように気をつけながら。

「次はね、お店屋さん」

雛子がはしゃいだ声を上げる。よかった。このゲームに夢中になってくれているようだ。何かを楽しんでいればその間は、親元を離れているという不安感も忘れていられるだろう。

「あった！」

雛子が指さした先にあったのは、郵便局だった。

「あれ、郵便局だよ」

「だから、郵便屋さんでしょ」

郵便局は果たしてお店と言えるのだろうか。それでも、誇らしげな雛子の顔を見ていると、まあいいかとなってしまう。

そんなことを繰り返して、ぼく達は乗り換え駅に降り立った。

「おうちに帰る？」

念のため雛子の顔を覗きこんで確かめてみる。雛子が帰ると言ったならば、予定を変更して仙台駅へ向かうことになる。

雛子はウサギのぬいぐるみを形が変わるほど抱きしめて、「帰らない」と首を振った。

「次へ、進む」

何かの使命感に燃えているような目で、真っ直ぐにぼくを見返して来た。透き通った黒目が、遥か未来まで見通しているようだった。

それならばと、予定どおりここでお昼を食べて、13時台の電車に乗ることにする。

「ここでお昼ご飯食べていこう。何が食べたい？」

「うーん、お子様ランチ」

スマホで近隣の飲食店を検索し、お子様ランチのありそうな店をピックアップする。入りやすそうなファミリーレストランを見つけ、荷物をコインロッカーに預けた。

乗り換えで駅を使ったことはあっても、降りて歩くのは初めての町だった。歩道に敷かれたタイルが茶色とベージュでランダムな模様を描いていて、雛子は茶色のタイルだけを踏みながら、時にはジャンプして移動していく。

子供というのは、みんな同じなのだなとそれを見ていて思った。自分だけの決まりごとがあって、それを守らないと小さな不幸が起きると信じているのだ。

ジャンプした雛子がバランスを崩し、転びそうになる。腕を捕まえて支えると、雛子の足がベージュのタイルを踏んでしまっていた。

雛子の顔が、この世が終わるとばかりに歪む。そんな大げさなと思うけど、自分のことを思い返すと、決して笑えない。

「こんな時に効くおまじないを教えてあげよう」

「え、どんなの？」

「靴のかかとを3回鳴らす。それで悪いことは起こらない」

「それ、ドロシーでしょ」

そのとおり。オズの魔法使いで、ドロシーが家に帰る時に使う魔法だ。銀の靴のかかとを3回鳴らすと、魔法が発動する。

雛子はぼくの手を握ると、真っ直ぐに立った。靴のかかとをそろえて、3回打ちつける。残念なことに布製の靴は銀の靴のようにきれいな音は立てない。それでも雛子は満足したようで、ぼくの腕をつかんだままスキップしながら進み始める。

ファミレスは屋根や柱が水色に塗られて、格子窓がかわいらしいお店だった。内装もカントリー調で、窓にかけられたギンガムチェックのカフェカーテンは、雛子好みのものだ。

席に座るなり雛子がカーテンを見て「かわいー」と声を上げる。この辺は小さくなっても変わらない。

メニュー表のお子様ランチの写真を見せると、雛子は一品一品吟味するように見つめていた。

「ケチャウライスよし、ポテトよし、エビウリャイにタルタルはかかってない。んー、んー、デザートがー」

「どうした？」

「デザートがゼリーなの。ウリンがいい」

子供らしいわがまま発動だなと思いながら、対処法を考える。お子様ランチ自体は気に入ってるようなので、プリンさえどうにかすればいいわけだ。

メニュー表のデザートのページを見ると、プリンアラモードがある。

「ゼリーはぼくが食べるから、こっちのプリン食べる？」

「サクランボーは食べないよ？」

「うん、いいよ。ぼくにちょうだい」

この手のわがままは、自分の子供だったら諫《いさ》めるべきことなのだろうが、この雛子はぼくの子供ではない。

こんなわけのわからない状況なのだから、今はとにかく雛子が楽しむことを優先して、不安を感じさせないようにすることが大事なんじゃないだろうか。

ぼくはナスとトマトのパスタを食べることにして、注文をすませる。

料理が来るまでの間、雛子はじっと座っていることができないようだった。席を離れてうろうろしようとするので注意しようとしたところ、レジ前に置かれた本棚から、子供用の本を見つけて来た。

「ウリキュア！」

ヒラヒラとしたコスチュームで敵と戦う女の子向けアニメの本だった。

「それ、好きなの？」

「知ってるウリキュアじゃないけど、ウリキュアはみんな好き」

何年か前のシリーズの本なのだろうか。このアニメは、一年ごとに設定とキャラクターが入れ替わるのだ。ぼくが子供のころにはすでにやっていたから、もう二十年くらい続いているということか。

本のおかげで雛子はおとなしく席について、ページをめくっていた。時々ぼくに本を見せては「このコスジューム、かわいいでしょ」と見せて来る。大人の男の意見としては、そのヒールで飛んだりキックしたりするのかと、驚愕でしかないのだが。

ありがたいことに、雛子が飽きる前にお子様ランチが運ばれてきた。女の子向けの小さなオモチャもついていて、雛子は早速袋を開けて見ている。

オモチャはビーズを繋げたブレスレットだった。真ん中のビーズだけが特別大きくて、宝石のような形をしている。

雛子はブレスレットを手首に嵌めると、お子様ランチを食べ始めた。付け合わせのミニトマトやキュウリは脇に避けて、ぼくのパスタが運ばれて来るとすかさずサラダボウルにその野菜を入れた。ちゃっかりしていると言うか、したたかと言うべきか。

ケチャップライスを盛大にこぼしながらも雛子が食べ終えたので、プリンを持ってきて欲しいと店員さんに伝えた。

「おいししょー」

程なくして運ばれてきたプリンアラモードに、雛子は手をほっぺたに当てて、大げさなほどに歓声を上げた。運んで来た店員さんの頬を緩めさせたその仕草は、当然ぼくの心も鷲摑みにした。

自分に幼女趣味などないということは、断言できる。

それでも、子供の雛子にときめかずにはいられなかった。

この子が雛子だと、わかっているから。

「はい、サクランボー」

手つかずのゼリーの上に、雛子はシロップ漬けのチェリーを載せた。

「これだけじゃ、さみしいよね。もっとあげるね」

そう言うと雛子は、プリンの周りを彩るフルーツの中から、キウイとパインだけをフォークで刺しては、ゼリーの皿に載せていく。

「それ、嫌いなんだろ」

「そんなことないよー。はるうみさんが好きかなーと思って」

「まあ、嫌いではないけど」

「でしょー」

恐らく好きな物しか載っていないだろうお皿を前にして、雛子は満足げだった。スプーンでプリンをすくい一口食べて、目を閉じる。

「しあわしぇー」

何と言うか、自分に子供ができたら、きっとこんな気持ちになるのだろうなと思った。こんな顔を見られるのなら、毎日でもプリンを食べさせてあげたいと思ってしまう。甘やかして、わがままを何でも聞いてやりたいとさえ思ってしまう。

幸せそうな雛子の姿を堪能しながら、雛子が飾りつけてくれたゼリーを食べた。本当のことを言うと、ぼくもシロップ漬けのチェリーは苦手だ。でも小さな子の前で大人が好き嫌いをするわけにはいかないと思って、まずはチェリーから片づけてしまう。ゼリーは味が薄くて、匂いで辛うじてブドウかなとわかるレベルだった。

お腹がいっぱいになり、幸せな気分で店を出る。うっかり左足から出てしまったことに数歩歩いてから気がついて、一度店に入りやり直した。駅までの道すがら見つけたお店で、雛子の替えの下着と、子供用歯ブラシとイチゴ味の歯みがき粉を買った。

今朝起きた時はどうなることかと思ったものだったけれど、小さくなった雛子との旅も悪くないかもとぼくは思い始めていた。

駅の改札の前まで行くと、駅員が拡声器を使ってお知らせをしていた。繰り返される内容をよくよく聞いて、肝が冷えた。

ぼくらの乗る予定の電車が、動物との接触事故の影響で運転を見合わせているという。何分遅れになるかは、まだ不明とのことだった。

「電車、乗らないの？」

首を傾げる雛子に、説明してあげた。

「電車まだ走れないんだって。線路の確認があるみたいで」

「おくれる？　どのくらい？」

「まだわからないって」

雛子が不安げな表情を浮かべた。唇を噛みしめて、「どうしよう」と呟く。

「大丈夫だよ。きっとすぐに動くから」

そう慰めながらも、どうしてそこまで次へ進むことにこだわるのかと疑問が浮かんだ。

この旅の計画を立てたのは、大人の雛子だ。そもそもそのスケジュールの組み方からして、ぼくには疑問だった。

秋田へは北上からも行けるのに、わざわざ一度宮城へ戻ったり。二人だけの気楽な旅行なのに、電車の時間もあらかじめ指定されていた。

「さんじゅっうん」

「何？」

「さんじゅっうんより遅れると、だめなの」

小さな雛子のその言葉に、ぼくは首を傾げる。まずさんじゅっうんを30分に変換するまでに数秒かかった。30分とは具体的な数字が出て来たものだが、何のことだろう。

それよりも懸念は、船に間に合うかどうかだった。

港から船が出るのは14時30分。それに乗り遅れたら、今日はもう島へ渡ることができない。

時計を睨みながら改札前で、状況が変わるのをじりじりと待ち続けた。雛子は足踏みしながら「まだー、まだー」と言い続けている。

ようやく運行再開が言い渡されたのは、30分後だった。船に間に合うかどうか、微妙な時間だった。


遅れた影響で電車は混み合っていたけど、どうにか座ることができた。

あの日以来、沿岸部に向かう時はいつも緊張する。

気にしないように努めていても、海が近づくに従ってあの日の痕跡が目に入って来るのだ。

きれいに舗装され、同じ時期に建てられた建物が、まだ新品という顔で建っていて、何もかもが真新しいのは、何もかもが奪われたという裏返しでしかなかった。

あの日この一帯の町は、根こそぎ奪われてしまったのだ。

海から来た、化け物によって。

「何だかこの辺、きれいねー」

窓の外を眺めながら、雛子が無邪気に言う。この雛子には、あの日の記憶がないのだろうか。

外を見るのが辛くなって、スマホの時刻をチェックする。何度見たところで、到着時刻が変わることはないのに。

駅への到着予定時刻は14時20分。そこから港までは、徒歩17分とある。走れば辛うじて間に合うだろうか。しかしこの雛子を連れていて、全力疾走など無理だろう。タイミングよくタクシーを捕まえられるだろうか。もし運よく捕まえられたとしても、厳しいことに変わりはない。

(どうしても、行かなきゃいけないのかな)

海が近づくほどに、ぼくは弱気になっていた。

ほとんど記憶にない母の故郷を訪ねたところで、楽しめるとは思えない。

伯父が亡くなった時は、近隣の人達がお葬式から納骨までですませてくれたのだそうだ。

そもそもあの当時は、沿岸部は火葬すらできないほどの混乱ぶりで、父も島には渡れず葬儀には参列できなかったそうだ。

父はお礼とお墓参りとで一度越秋島を訪れたそうだけど、ぼくのことは連れていかなかった。

「船、間に合う？」

ぼくのスマホを覗きこんで、雛子が言う。14時5分。この数字の意味すら理解できていないようなのに、ぼく以上に島へと渡りたがっている。

（どうしてなんだろう）

ふとまた、その疑問が湧いて来た。ぼくのことも記憶にないこの雛子が、それでも予定どおりに旅をすることにこだわる理由は何なのだろう。

そもそも雛子はどうして、この旅行の計画を立てたのだろう。

答えの出ないことを考え続けているうちに、電車は駅へと近づいていた。

とにかく雛子が望んでいるのなら、やれるだけのことはやってみよう。

「雛子ちゃん、電車降りたら走るからね。準備しておいて」

荷物の準備をしながら言うと、雛子は任せてという顔でうなずいた。

頼もしいかぎりだ。

一番乗りで電車を降り、改札を抜け、ぼく達は走った。

幸運にも駅前で待機していたタクシーに乗りこむことができ、フェリーの乗り場を告げる。

運転手さんは「今からじゃ無理ですよ」と言いながらも、安全確認をし車を出してくれた。

タクシーは順調に進んだ。途中一度赤信号に引っかかった以外はスムーズに進み、「お、いけるかな」と運転手さんも声を弾ませる。

フェリーのチケット売り場の前に横づけしてもらい、「おつりはいいので」と多めにお金を渡し、転がるように雛子と共にタクシーを降りた。そのまま、チケット売り場の窓口へ駆けつける。

「フェリーのチケットください」

顔を出した高齢男性は、申し訳なさそうに眉を下げた。

「申し訳ありません。もう船が出てしまうので、お売りできません」

「いや、でも、あと1分ありますけど」

「ここから乗り場まで、歩いて3分かかります。危ないので、ぎりぎりの乗船はお断りしているんですよ」

そこを何とか、と粘ろうとしたところで、船の汽笛が響いた。

恐らく、ぼくらが乗るはずであった船が、ゆっくりと桟橋を離れていく。

「ああ、出てしまいましたね。申し訳ありませんが、またのご利用をお待ちしています」

ていねいに頭を下げて、男性は窓口の戸を静かに閉じた。

頑張った分だけ、疲労が肩にのしかかってくるようだった。

「船、乗れない？」

しゃがみこむぼくの顔を覗きこんで、雛子が悲しそうに言う。

「乗れない。今日はもう無理だよ。おうちに帰ろうか？」

もうこうなっては、どうやっても島に渡るのは無理だ。何も雛子がこんな状態の時でなくとも、また別の機会に行けばいい。

何とか雛子を説き伏せて、仙台へ戻ろうと、気持ちを固めた時だった。

今にもこぼれそうな涙を両目にためて、ふるふると雛子は首を振った。

「だめなの。船、乗るの」

「でも、もう、今日は船は出ないんだよ」

この辺りの離島を周回するフェリーは、この港からは一日二本しか出ない。これを逃したら、島へ行く術はなくなるのだ。

「船に乗らなかったら、雛子死んじゃうんだから！」

船に乗れないくらいでおおげさな……と返す言葉を失っていると、とうとう雛子の両目から涙が溢れ出した。頬にこぼれた涙を乱暴に拭いて、雛子は声を上げて泣き始めた。

近くにあるベンチまでどうにか雛子を移動させると、ぼくは途方に暮れた。

島へ行く船はない。それなのに雛子は、船に乗って島へ行くと言って譲らない。月を取ってくれと子供にせがまれて困っていたのは、誰の俳句だったっけ？　国語の授業で習ったあの句の作者の気持ちが、今なら痛いほどにわかる。

雛子の泣き声が聞こえたのか、チケットを売っている事務所から、さっきの男性が出て来た。窓口にいた時とは打って変わって、気さくに話しかけて来てくれる。

「おじょうちゃん、なしたの？」

「船に、乗れないの」

「ああ、さっきの人達か。申し訳ないねえ。船か、釣り船がいだら、乗せてくれないかな」

「釣り船？」

「そっちの方さ、少し歩げば漁港があるから。そこまで行って探してみだら？」

男性が指さした方向を見つめて、雛子が「行く！」と決意に満ちた表情を浮かべる。

釣り船に乗せてもらう。その方法は思いつかなかった。

「ほらアメっこ食べて元気出して」

雛子の手にアメ玉を一粒握らせると、男性はまた建物へと戻っていった。

「ありがとうございました」

お礼を言って振り返ると、雛子はすでに、アメで片頬を膨らませていた。

「行くよ、はるうみさん」

「ちょ、ちょっと待って」

君は手ぶらでも行けるだろうけど、こっちは二人分の荷物を持たなければならないのだ。両肩にバッグをさげて、歩き出していた雛子に追いつく。

ウミネコのミャアミャアという声を聞きながら、潮風に吹かれてしばし海沿いを歩いて行くと、漁船が何隻も係留された場所に辿り着いた。

早速漁師さんに声をかけようと思ったものの、漁から帰って忙しそうに作業していて、何より日焼けした体格のいい男の人ばかりで、雰囲気だけで気圧《けお》されてしまう。

「しゅいませーん」

怯むぼくの横から、雛子がトコトコと歩いて行き、カゴを運ぼうとしている男性に声をかける。

「おじょうちゃん、あぶねーよ」

「おふね、乗せてくれませんか」

「わりいな、忙しいんだ。また今度な」

にべもなく言われて、雛子は口角を下げて戻って来た。子供の言うことだから、本気に取られなかったのだろうか。

ぼくの前まで来た雛子が、突然頭を押さえてしゃがみこんだ。

「ど、どうした？　具合悪い？」

「だいじょーぶ。それより、はるうみさん、お願い」

足にしがみつかれて上目遣いでお願いされて、「お、おう」と返事をしてしまう。仕事中でピリピリしている漁師達の誰が一番声をかけやすいかと観察し、見た目的に優しそうな中年男性に声をかけてみた。

「すみません。越秋島まで船に乗せてくれる人を探しているんですが」

男性は網を片づける手を止めて、振り返ってくれた。

「え、フェリー乗れなかったの?」

「電車が遅延してしまったんです」

「悪いねえ。漁船には普通の人乗せられないんだ。でも、釣り船だったら……」

男性が周りを見渡して、誰かを探そうとしてくれている。かすかな希望が湧いた瞬間だった。

「おい、じょうちゃん、どうした?」

ぼくの後ろに向かって、男性が声をかける。振り向くと後ろに立っていたはずの雛子が、コンクリートに膝をついていた。

「雛子ちゃん?」

慌てて声をかけながらぼくもしゃがみこむ。

雛子は肩を大きく揺らして、全身で呼吸しているようだった。髪をかきあげて表情を確認してみると、苦しそうに眉を寄せて、過呼吸になったようにぜえぜえと喉を鳴らしながらどうにか息を吸いこんでいる。

「過呼吸？　いや、喉に何か……」

さっきのアメ玉！

アメが詰まったんだと確信して、背中を叩こうとした時に、雛子の口からペッとアメ玉が吐き出された。

「ああ、よかった。アメが出たんだ」

いや。よくなかった。アメが出て来ても、雛子が苦しそうなのは変わらなかった。見えない何者かに喉を絞められているように、苦しそうに息を吸い、酸素が足りないのか顔色がどんどん白くなっていく。

「きゅ、救急車！」

周りに向かって叫んだ時だった。

小さな手が伸びてきて、ぼくの腕をつかんだ。

「だ……め」

苦しげに絞り出された声に、ぼくは混乱するばかりだ。

「病院行かないと、死んじゃうよ⁉」

死んじゃう？　何だったろう。最近聞いたフレーズだ。

「し……ま」

「何？」

「島に……行くの」

「だめだって。向こうには病院ないだろう」

雛子が目を開き、挑むようにぼくを見つめる。幼い子とは思えない目の鋭さで、何かの信念がその奥で瞬いているようだった。

そう、思い出した。雛子が言ったのだ。

船に乗らないと、死んじゃうよ、と。

「次へ、進む」

苦しい息の中でも、はっきりと雛子は言い切った。

それが自分に与えられた使命だと言うように。

この幼い雛子は、何か秘密を抱えている。

直感的に、そう思った。

その雛子が、島へ行くと言っているのだ。だったらきっと、そうすることで雛子は助かるのだ。

「兄ちゃん、救急車呼ぶかい?」

先ほど声をかけた中年男性が、スマホを取り出してスタンバってくれている。

「いえ、救急車ではなく、船を出してもらえませんか」

「船で、病院行けないだろ」

「越秋島へ行きます」

男性は本気かというように、目を剝《む》いた。

「わかってると思うけど、島には診療所しかないよ」

「はい。この子が、それを望んでるので」

「本当にいいんだな?」

念を押すと男性は、やれやれというように首を振ってから辺りを見渡した。

「ああ、いたいた。おーい、シゲ、ちょっとこっち来い」

男性の大声に、船から顔を覗かせた人がこちらを向く。

「何すか？」

「いいから来い。一大事だ」

船を降りて駆けつけて来たのは、まだ若い男の人だった。グレーの迷彩柄の上着を着ていて、髪は茶色く染められている。

「おめー、越秋島までこの人ら連れてってくれ」

「えー、俺今戻ったばっかっすよ」

「この後客乗せる予定はないんだろ。このじょうちゃん具合悪くて、すぐ島に行くんだってよ」

「へ？　何で？　こっちの病院連れてけばいいじゃないっすか」

わけがわからないという顔でこちらを見る男性に、ぼくは頭を下げた。

「申し訳ないですが、お願いします。今すぐ越秋島へ連れて行ってください」

「ちょうどいいじゃねえか。たまには家さ帰って、父ちゃん達に顔見せてやれ」

中年男性にまでそう言われて、茶髪の男性は首のタオルをはずして汗を拭いた。

「まあ、別にいいけど。……え、おまっ」

言いながら何かに気づいたように、ぼくの顔をまじまじと見つめる。

「はる！　はるだよな？　お前」

はる、という呼び方に、記憶の中で何かが蠢《うごめ》いた。

そう。確かにそう呼ばれていた時期があった。

「晴文……ですが。えっと」

首を傾げて、相手のことがわからないというアピールをしてみる。

「そうそう、晴文。ほら、茂幸《しげゆき》だよ。お前が母ちゃんと島にいたころ、三軒隣に住んでた」

茂幸という名前に、ぼくの中にいた何者かが反応した。

「しげ兄？」

快活に笑うその顔に、確かに覚えがあった。

「そうそう、覚えてんじゃん」

茂幸さんはぼくの背中をバンバンと叩き、再会を祝福してくれた。その遠慮のない感じが、懐かしさを呼び起こす。

「よく生きてたな。よかった。あんなことがあったから……」

まずいという顔で言葉を呑みこみ、茂幸さんは雛子に目を向けた。

「この子は？　お前の子供って年じゃないよな」

「い、いとこの子なんだ」

いなかというのは、近隣住民の親戚まで把握していたりする。嘘がばれないようにと祈っていると、茂幸さんはうなずいた。

「わかった。船出す準備してくるから、もうちょっとだけ辛抱してくれな」

そう言って雛子の頭を撫で、船へと駆け戻っていく。

安堵しながらぼくは、雛子が少しでも楽に息ができるようにと、コンクリートに膝をついてその上に雛子の頭を載せた。


誰かがぼくと雛子用のライフジャケットを持ってきてくれて、着用しながら準備が終わるのを待つ。

「いいぞ、乗れ」

自力で動けそうにない雛子を抱きかかえると、中年男性が荷物を持ってくれる。

「ほら、よこせ」

雛子を抱えたまま船に乗りこむのに苦労していると、茂幸さんが腕を伸ばしてくれた。

慎重に雛子の体を受け渡す。茂幸さんはまるでマグロでも抱えるように雛子を受け取り、そのまま長椅子の上に雛子を下ろした。

中年男性から荷物を受け取り、頭を下げる。

「すみません。お世話になりました」

「いいから早く行けって。じょうちゃん死なせるんじゃねえぞ」

もう一度深々と頭を下げて、船に乗りこむ。雛子が寝かせられた長椅子の隅に座り、雛子の頭を膝の上に載せた。

「じゃあ、出るぞ。揺れるから気をつけろよ」

「はい。お願いします」

船を繋いでいたロープをはずし、茂幸さんが船のエンジンをかける。エンジンがうなり声を上げ、足元から振動が伝わって来る。

船がゆっくりと岸を離れていく。手を振って見送ってくれる漁師さんに手を振り返し、ぼくは雛子の体を抱えた。

雛子の頭の重さを、太ももに感じる。全身で呼吸しているのがわかる。

雛子が死んでしまったら——とちらりと考えて、その恐ろしさに底なしの穴に落ちていくような気分になった。

この命を、失うわけにはいかない。

紺碧《こんぺき》の海にくっきりと白い波の筋を残しながら船は進んでいく。途中までウミネコがついてきていたが、興味をなくしたように飛んで行ってしまった。

潮風が髪をなぶり、細かな波しぶきが時折風と共に吹きつけて来る。その濃密な潮の香りに、ぼくの中でまた記憶が蠢くのを感じた。

そうだ。この匂いを覚えている。この船の揺れを覚えている。

母が父と離婚して越秋島に向かった時、恐らくぼくは人生で初めて船というものに乗ったのだった。

立っている床が揺れるという感覚が気持ち悪くて、船室から出ずにずっと母の腕にしがみついていた。体にベタベタと貼りついて来るような潮の香りも苦手だった。

手をギュッと握られて、お母さんと言いそうになる。視線を落とすと、そこにいたのは母ではなく、幼い雛子だった。

「島に向かってるよ。これでいいんだよね？」

うっすらと目を開けて、雛子はうなずく。心なしか岸にいた時よりも、呼吸が楽になっているように見えた。

気のせいではなかった。船が進むごとに雛子の息づかいは穏やかになっていき、その頬には赤みが差して来る。

やがて岸を離れて30分ほど経ったころには、雛子はしゃんと起き上がり「水」と言い放った。

荷物の中から手つかずのミネラルウォーターを見つけ出し、蓋を開けて渡すと、コクコクと喉を鳴らしてそれを飲む。

「あー、苦しかった」

ケラケラと笑う顔を見て、呆気《あっけ》に取られてしまった。

「も、もう、大丈夫なの？」

「うん。島が近いから」

「な、何だったわけ？　さっきの」

「えー、よくわかんない」

明らかに何かを知っていそうなのに、とぼけて見せて、雛子は立ち上がった。

「ちょっと、立ったら危ないって」

「だって、海だよ海ー。雛子船に乗るのはじめて」

船の手すりにつかまって景色を眺める雛子が万が一にも落ちないようにと、後ろから抱きしめるようにして支える。

「え？　起きてる？　まじか!?」

茂幸さんが運転しながらこちらを見て、仰天した声を上げた。

雛子を促して、操舵室の壁面に設えられた椅子へと移動する。

「島に近づけば治る症状だったみたいです」

エンジン音に負けないよう大声で告げると、茂幸さんは豪快に笑い声を上げた。

「何だよそれ。聞いたことない病気だな」

「ご心配おかけしました」

「いいんだよ。元気になったんならそれで」

波を越えるごとに船は上下に揺れるが、膝の上に乗せた雛子はアトラクションのように楽しんでいる。

雛子の腰にしっかりと腕を回して、茂幸さんへ顔を向ける。

「茂幸さんは、今でも越秋島に住んでるんですか？」

「いや、俺は本土で一人暮らししてる。島にはたまに休みに帰るだけだよ」

確か茂幸さんのお父さんは島で漁師をしていたはずだ。そのことを尋ねると、まだ健在で漁師をしているという。その話の流れで、避けようがなくあの日の話になった。

「あれ以来さ、何年振りかに会う奴には、思わずよく生きてたなって言っちまうんだよ」

しんみりとした横顔で言って、茂幸さんはあの日の島のことを語ってくれた。

ひどい揺れの後、津波警報が出て、島にいた人々は高台に向かった。一方で島にいた漁師達は自分の船を守るために港に向かったのだという。

ほとんどの漁師は船で沖へ出て、津波から逃れることができた。茂幸さんの父親もその一人だ。その助かった中に入らなかったのが、貴司伯父さんだった。

「船を出すのに手間取ったのか、沖に出る前に波が来ちまったみたいでな」

「お葬式とか出していただいたみたいで、その節はお世話になりました」

「俺だってあん時は、ガキだから何もしてねえよ。まあ、見つかっただけよかったよ。そうじゃない人も、いっぱいいたから」

その言葉の悲惨さに返す言葉を失って、船の進む先に目をやる。小さな島が姿を現し、徐々に近づいて来るのが見えた。

「あそこが、島?」

はしゃいで膝から降りようとする雛子を、抱えて床に下ろす。一緒に船首まで移動して、近づいて来る島を眺める。

思わずカップに入ったマフィンを思い浮かべてしまうような形の島だった。切り立った崖の上にはこんもりと緑が広がり、ポツポツと家屋も見える。この大きさだとジオラマのようだ。

ゴツゴツとした岩肌は巨大怪獣の皮膚に似ていて、そこに波が打ちつけては砕けていく。

海は紺碧なのに、砕ける波は真っ白なのが不思議だった。

「ねえ、どうして海は青いのに、あそこは白いの?」

ぼくの心の中を読んだように、雛子が質問してくる。雛子は顔を後ろに向けて、船の航跡《こうせき》を指さしていた。船が海を切り裂いたように、そこだけが白い。

「海っていうのは、おっきなケーキみたいなものでね、そこを船で切っていくと、中にある白いクリームが出てくるんだよ」

自分でも不思議になるほどスラスラと、そんな話が口をついて出て来た。絵本か何かにありそうな話ではあるが。

「うそー。じゃあどうしてしょっぱいの？」

笑いながら問いかける雛子は、話の信憑性を確かめたいというより、ぼくがどう答えるかを気にしているようだ。

「そりゃあ、神様が砂糖と塩を間違えたからさ」

『神様が砂糖と塩を間違えたからよ』

自分が言うのと同時に、頭の中で誰かの声が重なった。

はっとして、雛子を支える手に力が入ってしまう。

島はもう、切り立った崖に砕ける波の粒まで見えるようになっていた。その崖に雪が吹きつけている映像が重なる。

この島で暮らしていた7歳のぼくは、ぼくの中で眠り続けていたのかもしれない。

その小さな自分が目覚めつつあるのを、ぼくは感じていた。

## (4) ライオンといっしょ

降り立った島は、ひなびた漁村という感じだった。

海に近い場所が基礎部分しかなかったり、やたらと真新しかったりするのは、震災の被害にあったからだろう。

そのせいなのか、船着き場を降りても見覚えのある感じはせず、動き出したように感じたぼくの記憶もおとなしいままだった。

坂の多い土地で、家屋があるのは大抵少し高台にある場所だ。太陽に照らされながら荷物を両手に抱えて坂を登っていくと、懐かしさを覚える場所に出くわした。

平地が広がる場所で、家がまとまって建ち、集落になっている。その集落のはずれにあるのが、母の生家だった。

雛子の手を引いて坂を上がって来てくれた茂幸さんが、「懐かしいか?」と聞く。

昔のままの距離感の茂幸さんに、素直な答えが口からこぼれ出た。

「うん。自分にとってのいなかって感じだな」

その懐かしさは、決して心地のいいものではなかった。気を許すと自分の中で暴れ出して、内側からぼく自身を食い荒らしていきそうな油断ならない感じがあった。

「今日は、貴司さん家に泊まる気か？　ガスも水もないだろ」

「ああ……一晩くらいは何とかなるかなと思ってたんだけど」

「数年前までは民宿もあったけど、やめちまったから飯屋もないぞ。島の反対まで行けば、店あるけど」

島の反対側には広めのビーチがあり、今の時期は海水浴客が訪れるのだという。夏場だけやっている民宿や食堂もあるらしいが、歩くと結構かかる。

「雛子ちゃんの体調が心配だから、歩くのもちょっとな。カップ麺なら持って来てるから、茂幸さん家でお湯もらえないかな」

「子供にカップ麺って。いいよもう、夕飯はうちで食え。母ちゃんに言っとくから。そのじょうちゃんは、魚食えるんか？」

雛子に目をやると「焼いたおたかな好きだよ」とうなずく。

「生ものはNGってことだな。オッケー。後、お前貴司さんのお墓の場所知ってるのか？」

言われて初めて気がついた。そう言えば、知らない。

首を振ると「しょうがねえな」と茂幸さんはため息をついた。

「案内してやるよ。荷物置いて落ち着いたころに迎えに行くから」


家のカギは、小屋のなかに置いてあるはずだった。そして小屋のカギは、四ケタの暗証番号を揃える昔ながらの数字錠だ。

父から聞いていた番号を揃えていると、こういうカギを初めて見るのか雛子が覗きこんでくる。

木製の戸は滑りが悪く、下手に力を入れたら外れてしまいそうだった。建物をきしませながらどうにか戸を開けると、中には埃臭い空気が充満していた。

中に入った瞬間、白い霧に包まれるような気がした。母の火葬の時以来のフラッシュバックだった。

(そうか。ここか)

頭の中で勝手に、辛い記憶が再生される。息が詰まりそうになるのを、口を手で押さえてこらえていると、空いた左手を雛子の手がギュッと摑んだ。

「苦しい？　しんどい？」

雛子の小さな手はぼくの指先しか包むことができない。その手を見て自分が大人だということを自覚した。

大丈夫。もうぼくは小さな無力な子供じゃない。

息を大きく吸って、「大丈夫だよ」と雛子を見下ろす。家のカギは戸の横の壁にかかっていた。


家の中に入ると、息が詰まるような感覚になった。閉め切った家の中は確かに空気が淀んでいて埃っぽいけれど、決してそのせいだけではない。

部屋の戸を開けるたび、窓を開けるたび、自分の中の記憶の扉も開いていくようだった。

家の隅々まで風を通しても、息が詰まる感覚は消えなかった。

そうだ。この家にいた時はずっと、こんな風に息を潜めていたのだ。あの人を怒らせないように始終機嫌を窺い、ルールを守りいい子でいるように努めていた。

小さな自分がまだ、部屋のどこかにうずくまっているような気がする。

記憶を振り払うように布団を干し、廊下にホウキをかけていると、玄関の戸が勢いよく開いた。その勢いで戸が大きな音を立てる。

反射的にうずくまり、頭をかばう。

「どうした？」

声をかけられて、恐る恐る顔を上げると、茂幸さんがそこに立っていた。

そうだった。ぼくはもう、小さな子供ではなく、怪物はいなくなったのだった。

「いや、ちょっとびっくりして……」

怪訝《けげん》な表情をしながらも、茂幸さんは抱えた新聞紙を見せてくれた。

「花ないだろ。ほら、庭に咲いてたの切って来たぞ」

新聞紙に包まれて、グラジオラスとケイトウが鮮やかな花を広げていた。

「すみません。何から何までお世話になって」

「水くせーこと言ってんじゃねえよ。ほんの半年程度でもご近所だったんだから。ほら、行くぞ」

お墓には水場がないということで、水をくんだバケツをぶら下げて、雛子には線香とロウソクを持たせて出発した。

一度海沿いまで坂を下りて砂浜に出ると、そこから別の坂道を登っていく。草の中の道を登っていくと、ひらけた場所に出た。そこにお墓がまとまってある。

母の両親や貴司伯父さんの眠る笹原家の墓は、訪れる人もいないのだろう。雑草に覆われていた。

「まずは草むしりだな」

茂幸さんが腕まくりして、ぼくもバケツを地面に下ろす。

「先月来た時、ついでに草むしりしといたんだけど、伸びるの早いよなあ」

「すみません。ほったらかしで」

「まあなあ、縁者と言ったらもうお前だけなのか。気安く来れる場所でもないしな」

草むしりをしながら、ポツポツとお互いのこれまでと現状を報告し合った。茂幸さんは高校卒業後本土で一人暮らしを始め、仕事をしてお金を貯め自分の船を持った。そして今は、釣り船として操業しているのだという。

ぼくより二つ年上なだけなのに、個人事業主として立派に生きている茂幸さんを前に、ただの大学生である現状を語るのは何とも気まずかった。

「おばさんは――残念だったな」

会話の切れ目に、茂幸さんが呟く。

「しょうがないよ。もうずっと、意識不明の状態だったから」

「お骨は？　ここに入れないのか？」

「取りあえず納骨堂に預けてるけど、お墓参りのこと考えるとなあ……」

草むしりを終えて、お墓に水をかけ、花を飾る。

「雛子ちゃんもおいで」

雛子の分も線香を立て、並んで手を合わせた。

墓地を囲む木からヒグラシの鳴き声が響いて来る。

背中の皮膚がザワザワと粟立ち、何かから逃げ出したくて仕方なくなる。

もう逃げる必要などないのに。

物言わぬ墓石の冷たさと堅さは、かつてぼくを痛めつけた怪物が石化したもののように思えた。


空になったバケツをぶら下げながら坂を下ると、砂浜に出た。せまいけれど海水浴には適した場所で、こちら側に住む子供達の遊び場になっていた場所だった。

「遊んでく」

止める間もなく雛子が靴を脱いで、砂浜に駆け出していく。

「海に入っちゃだめだよ」

「波打ち際なら大丈夫だって」

止めるぼくに、過保護だなという顔で茂幸さんが言う。

仕方ないのでぼくも靴を脱いで、波に足を浸して遊ぶ雛子を見守る。

「そう言えばお前、全然泳がなかったよな」

砂浜にしゃがみこんで、茂幸さんが言う。

「夏休みなんて暑いし暇だしで、みんなここで海に入って遊んでたのに、お前いっつもこの辺で石積んで遊んでたじゃねえか」

そうだったっけ？　と思った瞬間、パンッと記憶の中に放りこまれたように思い出した。

海に入って遊ぶ、何人かの子供達。一緒に泳ごうと誘ってくれているのが、茂幸さんだ。

ぼくはそれに首を振って、砂の上に石を積んでいく。なるべく平たい石を選んで、崩れないように慎重に。五個まで積めればそれでよし。石が崩れない限り、悪いことは起こらない。

それが、ぼくの決めたルールだった。

夏でも長袖を着て、海にも入らないぼくの相手をしてくれるのは、しげ兄だけだった。石を積み終えたら日陰に入って、遊ぶ子供達を眺めた。遠い世界に住む人を眺めるように。

あのころのぼくにとって、海に入って遊ぶ子供たちはひなたの住人だった。

今目の前で波の感触に笑い声を上げている雛子も、彼らと同じだ。

大人に守られて何の不安もなく、自分の楽しみのことだけ考えていればいい幸福な子供達。

少し傾いた陽が波をきらめかせ、打ち寄せる波は白いレースのように雛子の小さな足を飾る。

ぼくが「そろそろ行こう」と声をかけるまで、雛子は波と遊んでいた。

砂だらけの足に靴を履かせるわけにはいかず、雛子をおぶって坂を登るはめになった。

伯父の家に戻ったところで、水が出ないと足を洗うこともできない。そのまま雛子を茂幸さんの家に連れていき、足を洗うことにした。

出迎えてくれたおばさんはぼくの成長を我が子のことのように喜んでくれて、雛子のことも大歓迎だった。

「もう、お風呂入っちゃったら？」

外の冷たい水道で足を洗った雛子は、少し寒そうにしている。

おばさんの言葉に甘えたいところだが、ぼくが一緒にお風呂に入るわけにもいかない。それを察したように、おばさんが言ってくれる。

「ああ、そうだねえ。これくらいじゃもう、男の人と一緒にお風呂入れないか。じゃあ、おばちゃんと一緒にお風呂入ろう」

「すみません。お願いします」

「着替えはあるの？」

「あ、下着は買ってあるんで、持って来ますね」

「ミミちゃんも」

「ミミちゃん？」

首を傾げると、雛子が説明してくれる。

「ウサギさん」

「ああ、あのぬいぐるみね。うん、持って来る」

雛子をおばさんに預けて、ぼくはいったん伯父の家へと戻った。今日寝る場所だけでもきれいにしておこうと、ホウキでざっと掃除する。

その後で雛子の着替えの用意だった。今日買った下着を袋から出し、値札をはずしておく。自分の着替えと歯みがきセットも用意して、袋にまとめた。

ミミちゃんを忘れては雛子に怒られると、床に転がっていたウサギを抱き上げた時だった。

かすかにカサリと音がした。柔らかなぬいぐるみをギュッと抱きしめてみると、やはりカサカサと音がする。

(中に、何か?)

気になってぬいぐるみを調べてみると、脇にファスナーがついているのを見つけた。ファスナーを開けて見ると、ポケット状になった中に紙が二枚入っている。

広げてみると、ノートをやぶいたようなＡ４の用紙だった。

一枚目の紙には、旅行の日程と思しきものが書かれていた。駅名と時刻と矢印と。馴染みのある駅名がそこには並んでいる。

もう一枚の紙も同じようなＡ４の用紙だった。特徴のない罫線が引かれて、そこに文字が書かれていた。

『岩Ｇ５谷さ回イの秋ひ吾なＥこ里へＫ

近わ家タＨ売しＢはＬ１Ｃ９走さ軽イＶの紅ひＺ愛な赤Ｕコ長だ今Ｍよ朝

Ｔコ例の有Ｎい花レＱか後Ｃワ軍りＷハ草す来こＸし伊な団ガＤく田岸な大るＰ

皮でＦ両モ園そＮば変に草いＳる見オ保にＡい石さ白ン美がＢお内せ生ワ朝し角てＮ

クれ章ル時かＲら貴

詩おＪ佳に鏡いＯさ奥Ｙん丸の後い広う油こＣと絶ヲ不き電いＷて足た浜ビ無を地つ

勝づＪけ砂て厚ねＥ

雨ジ友かＨん緑ド実お盛り世にＦつ理ギ言の塩ば黒ショＭへ品い種く葉こ春と量を間

きＲを弱ツ深け庭て

はＴ高な白レ菅てＫい空ら花れ池る流のＰは明３Ｄ０思プ通ん息ま豆で目だＹよ食

写お投にＬい米さ光ん戸は麦いＱい神ヒ下と部だ相か暗ラ絵あ群ん舞しＺん世シ品て

Rい目い矢ヨ有
綿よE中ろ紙シ木Hく恵王ね箱』

何だろう、これは。読めない。

こんなものがどうして、雛子のぬいぐるみの中に入っているんだろう。

何かのおまじないか、お札みたいなものか。

そういえば……と思い出す。

雛子が今朝起きた時、このぬいぐるみを大事そうに抱えながら、トイレに入っていったんだった。その後出て来るまで、大分時間がかかった。

気になったぼくは、スマホを取り出すと、文章全体が入るように撮影しておいた。

画像を保存して紙を元通り畳んでウサギの中にしまう。

あの雛子にはやっぱり、何か秘密がある。

この謎の文章を読み解くことができたなら、その秘密も知ることができるのかもしれなかった。


お風呂から上がった雛子は、紺色の甚平を着せられていた。茂幸さんの子供時代のものらしい。その物持ちのよさに感心すると同時に感謝する。下着の替えだけは用意したけど、雛子のパジャマはなかったのだ。

実は服の替えもないのだと打ち明けると、おばさんはわずかにぼくを怪しむような顔をした。

「着替えがないって、いとこの子なんでしょう？　お母さんに持たされなかったの？」

「いとこが急病で預かったものだから、用意できなくて」

苦しいぼくの言い訳におばさんは納得いかないという顔をしたままで、それでも言ってくれた。

「茂幸の子供のころの服でよかったら、あるけどね。もう使うことないから、持っていっていいよ」

「助かります」

おばさんが押入れから出してきた段ボールの中には、サイズの違う男の子の服が詰まっていた。

「この子すぐに汚すし破くでしょ。比較的きれいなものだけ、取っといたのよ。誰かにあげられるかと思って」

その機会がないまま押入れにしまわれていて、やっと日の目を見たということだった。雛子のサイズに合うものを見つけ出すと、その中から雛子はグレーのハーフパンツと水色のTシャツを選び出した。おばさんはもっと持っていきなと言ってくれたけど、あまり荷物が増えても困るのでこれだけにしておく。

明日秋田に行って一泊すれば、予定していた旅は終わる。旅が終わったならこの雛子はどうするのだろう。その時は家に帰るのだろうか。

それとも——。

旅が終わるまでには、雛子の姿は元に戻るのだろうか。

「ほら、こんなのもあったよ」

おばさんがもう一つ段ボールを持って来て開ける。中には茂幸さんの子供時代のおもちゃが入っていた。けん玉にビー玉にコマといった、懐かしい物ばかりだ。

雛子は歓声を上げて、段ボールの中を引っかき回していった。「ゲーム機」と言って取り出したのは、電池のいらないゲームだった。正式名称は知らないが、携帯ゲームのような形をしていて、中には水が満たされ、ボタンを押して水流でリングを動かす輪投げゲームだ。

ありがたいことに雛子はゲームに没頭し、おとなしくなった。おばさんがすかさず「今のうちに、はる君もお風呂入っといで」と声をかけてくれる。

朝からのあれこれで疲れ切っていたぼくは、おばさんの言葉に甘えることにした。


おじさんが帰宅してきて、夕食となった。

食卓には、大皿に盛りつけられた刺身やタコの煮物が並んでいた。雛子用にアジの塩焼きもある。それに新鮮なワカメの入ったみそ汁。

「おたかな、ほねとってー」

「はいはい」

雛子の横に座り、アジをほぐして一本一本骨を取って、身を取り分けてやる。

「あーん」

甘えてくるなあと思いながらも、箸で魚を口まで運んでやる。きっと自分に子供ができたら、こんな風にしてやるのだろう。

おばさんが「あらあら」と笑って「本当の子供みたいじゃない」と言う。

「ぼく、まだ大学生ですよ」

「大学生なら、彼女の一人や二人いるんじゃないの?」

「二人はいませんよ」

答えた後でしまったと思っても遅かった。一人いることを認めてしまった。

「あらあ、彼女いるの。いいわねえ。連れてくればよかったのに」

実は連れて来ているのだということは、口が裂けても言えない。

雛子が食べ終えたので、やっとゆっくり自分の食事に入ることができた。おじさんに勧められるままビールを飲み、刺身をつまむ。新鮮な魚は身がプリプリとしていておいしい。タコの煮物は何だか懐かしい味がした。この島で食べたことがあったのかもしれない。

茂幸さんはノンアルコールの酎ハイを飲んでいた。

「飲まないんですか?」

「釣り船屋やってると、いつお客さん乗せるかわかんないから、飲めないんだよ」

おじさんが笑いながら茂幸さんの頭を叩いた。

「なんてえのは言い訳でね、こいつは根っからの下戸なんだよ」

「うるせーな。酒飲めなくたって、人生楽しめるっつーの」

ビールを飲み、刺身をつまみながら、おじさんとおばさんに聞かれるままに自分の近況を答えていると、いつの間にか大分夜も更けていた。

雛子が目をこすりながら、「ねむい」ともたれかかってくる。

「ああ、もうこんな時間か。すみません、そろそろ失礼します」

家に戻る前に雛子と自分の歯みがきをすませ、もう一度ごちそうになったお礼を言う。

「ご飯どれもおいしかったです。すみません、すっかりごちそうになってしまって」

「朝ごはんもいるんでしょ。用意しておくからね」

「いや、そこまで甘えてしまっては」

「小さい子にはしっかり食べさせなきゃだめよ。じゃあ待ってるからね」

おばさんに押し切られて、朝ごはんもごちそうになることが決定する。何から何まで、お世話になりっぱなしだ。

「暗いから送ってくよ」

ランタンを手にして、茂幸さんが出てくる。雛子が眠くて歩きたくないというので、おんぶして運ぶことになった。

暗闇の中だと、いっそう潮の匂いが際立つ気がする。ああそうだ、この匂いだと思い出す。子供の時から時々見ていた悪夢。その中で怪物に追いかけられる時、怪物はこの匂いをまとっていた。

小屋のそばを通る時、中から怪物が飛び出してくるのではないかと恐ろしかった。背中にいる雛子の重みで我に返り、もう大丈夫だと自分に言い聞かせる。

戸を開けてくれた茂幸さんは、玄関先にランタンを置いた。

「明かりがないと不便だろ。これ置いてくから」

「ありがとうございます」

「おじょうちゃんの具合が悪くなったら、夜中でも知らせろよ」

背中の雛子の頭をポンポンと撫で、茂幸さんは暗闇の中を戻っていった。


布団を敷いて寝かしつけると、雛子はすぐに眠りについてしまった。

明日はこの雛子を連れて秋田に向かうのかと思うと、先行きが思いやられた。小さな女の子を連れていることを、父や祖母にどう説明すればいいのだろう。いとこの子供が通用する場所ではない。

ランタンの明かりを頼りに、スマホの画像を開いて例の暗号文を眺める。

相変わらず何が書いてあるのかわからないけど、5歳の雛子はきっとこれを読むことができたのだ。

5歳、というのが引っかかった。

5歳の子に読めるのは、ひらがなだけだろうか。いや、今日一日一緒にいてわかったことだけど、小さな雛子はカタカナも読むことができていた。

ひらがなとカタカナ。それに数字といったところか。

ふいに頭の奥でフラッシュが焚かれたように、一つの考えがひらめいた。

もしかして……、そういうことなのか。

この暗号に書かれている漢字や英字は全て無視をして、5歳の雛子に読める文字だけを拾っていく。

それがこの暗号文の解き方ではないだろうか。

バッグから手帳を取り出すと、ぼくは拾った文字を書き写していった。

『5さイのひなこへ

わタしは19さイのひなコだよ

コのいレかワりハすこしなガくなる

でモそばにいるオにいさンがおせワしてクれルから
おにいさんのいうことヲきいてたビをつづけてね
ジかんドおりにつギのばショへいくことをきをツけて
はなレていられるのは30プんまでだよ
おにいさんはいいヒとだかラあんしんシていいヨ
よろシくね』
5歳の雛子に、19歳の雛子が宛てた手紙?
頭の中は疑問符でいっぱいだったけれど、この謎を解く糸口だけはつかめそうな気がしていた。
そう。電車でおばさんに誘拐犯だと思いこまれた時。あの時も雛子はぬいぐるみを持ってトイレにこもっていた。そして言ったのだ。
『いい人だよ。お姉さんがいい人って言ってるから』
そのお姉さんこそが、19歳の雛子ではないのか。
5歳の雛子と、19歳の雛子。そして、入れ替わりという言葉。
ひょっとしたら——。

それは突飛な発想だった。でも現実に、ぼくの目の前には5歳の雛子が存在しているのだ。

ぼくの知っている19歳の雛子は、この5歳の雛子と入れ替わったのじゃないか？

そうすることで、元々この5歳の雛子がいた年代に行ってしまったのではないか？

こんな手紙を残しているということは、これは雛子自身の意思で行われているということだ。

そして雛子はきっと、この現象を自分でコントロールすることもできるのだ。

それならば、19歳の雛子は、いつか必ずぼくのもとに帰って来てくれる。

「あれ？」

思わず口に出していた。

ぼくは、前にも入れ替わった雛子に会ったことがあるんじゃないだろうか。

初めて雛子を見た時から、懐かしいような、どこかで会ったことがあるような、そんな感覚を覚えていた。

思わずつつきたくなるような、ふっくらとした柔らかそうな頬。ステンドグラスのように、幾つもある表情。

ステンドグラス？

青いガラスの影に手を伸ばす小さな自分の姿が浮かんだ。そしてその視界に入って来た、銀色の靴。

これは、いつの記憶だろう。

このステンドグラスは、そう、今はもう見慣れた仙台駅にあるあれだ。

だけどその時のぼくには珍しくて、床に落ちた影が宝石のようだと手を伸ばした。

あれは、越秋島へ渡る前のことだった。母は仙台駅で古い友人と会う約束をしていたのだが、ステンドグラス前を待ち合わせ場所にしていたのに、相手がなかなか現れなかったのだ。

携帯電話で連絡しようにも電波の調子が悪く、母はぼくに荷物を託し電波のいい場所を探して行ってしまった。

そこに現れたのが、その銀の靴を履いた女性だった。

『わあ、ドロシーみたい』

思わずそう言っていた。オズの魔法使いは、家に絵本があって知っていた。

『まあ、うれしい。わかってくれて。ドロシーみたいって思って、買っちゃったのよ。

『いい年して恥ずかしいんだけど』

いい年って、どんな年？　と思いながらその人の顔を見上げた。きれいなおばあさんだった。

髪は真っ白だけど艶があってていねいにまとめていて、目元や首すじにはしわがあるけれど、頬はふっくらしていて餅のようにすべすべだった。そこに笑いじわがくっきりと刻まれる。

『迷子じゃない？　大丈夫？』

『うん。お母さんが電話してくるのを待ってるだけ』

『そう、じゃあお母さんが来るまで、おばあちゃんが一緒にいてもいい？』

『いいよ』

こんな優しそうな人なら、心強いと思った。

おばあさんは紺色のリバティプリントのブラウスにベージュのカーディガンを羽織り、膝より少し長めのモスグリーンのスカートを穿いていた。

『オズの魔法使いでは誰が好き？』

『ブリキの木こり。ハチをやっつけちゃうんだもん』

『じゃあ、あなたも、ハートが欲しい？』

『ううん、ハートなら持ってるよぼく。欲しいのはね、あのね』

ぼくが内緒話の格好をすると、おばあちゃんはしゃがんでくれた。

『ライオンといっしょ』

おばあちゃんも内緒話で返してくれる。

『勇気？』

『勇気』

足を伸ばしたおばあさんに、ぼくは続けた。

『これからはね、お母さんのことはぼくが守るの。でもぼく弱虫だし暗いのこわいし。だからね、勇気が欲しい』

『そう、よかった。あなたにプレゼントがあるの』

おばあさんはそう言うと、スカートのポケットから、袋をつまみだした。

『開けて見て』

リボンが結ばれたその袋を開けると、中から出て来たのは四角い緑色の小瓶だった。

『これって』

『勇気の小瓶』

オズの魔法使いで、ライオンがオズからもらった勇気の小瓶だった。

『どうして、ぼくが欲しいものがわかったの？』

おばあさんは『うふふ』と笑うだけで何も答えてくれなかった。

『でも、オズの魔法使いを知ってるならわかるわよね。ライオンには元から勇気が備わっていたってこと。あなたもきっと、そうよ』

ぼくの手の中に小瓶を握らせ、その拳を自分の両手で包んでおばあさんは言った。

『いい？　今から言うことをちゃんと覚えておいて。そして、その小瓶を見るたびに思い出して』

一つ息を吸うと、厳かな声がそれを告げた。

『あなたが決めることで、あなたの未来はできていく。あなたの勇気が、未来のあなたを救うの』

その言葉を思い出して、ぼくは愕然とした。

実は母が意識不明となった後、貴司伯父はぼくにこのまま島で暮らせばいいと言ったのだ。

伯父はぼくの父のせいで母が精神的に病み、心中事件に発展したのだと周りに言いふらしていた。同情した島の人達も、ここで暮らしなよと言ってくれていた。

ぼくはその時、この小瓶を握りしめ、自分の中にあるありったけの勇気をかき集めたのだ。

その勇気が、未来の自分を救うと信じて。

『お父さんと暮らす』

みんなの前で、伯父に向かってその一言を放つことができた。

その決断は結果的に、ぼくを救ってくれたのだ。

あのまま島で暮らしていたら、きっと震災の時もぼくは伯父と一緒に行動していただろう。

あの決断が、ぼくを生かしてくれたのだ。

母が戻って来るのが見えた時、おばあさんはヒラリとスカートを揺らしてぼくの前から去っていった。

『またどこかで会いましょう』

その笑顔と温かな手の感触を、ぼくは知っている。

ぼくの愛しい彼女が、年を重ねた姿。

あのおばあさんは、未来の雛子だ。

ぼくに勇気をくれた人。ぼくに未来をくれた人。

布団で眠る小さな雛子の頭を撫でる。

それにしても今の雛子は、この子と入れ替わってどこへ行ってしまったのだろう。

この雛子が年長ということは、ぼくが小学一年生のころ……。

はっとした。

雛子はひょっとして、あの夜を変えようとしているのか？

その時雛子が、大きく咳きこんだ。慌てて背中をさすると、呼吸が荒くなっているのがわかる。

「雛子ちゃん？　また苦しいの？」

目を閉じたままで、雛子はうなずく。

「はなれちゃった。ここを出ないと」

『はなレていられるのは30プんまで』

向こうの雛子と30分以上離れた場所にいると、呼吸困難の症状が出るということだろうか。

どんな方法を使ったのかはわからないが、大人の雛子は島を出たということだ。

ぼくは雛子をおんぶすると、ランタンを持って茂幸さんの家へ向かった。

背中の雛子の苦し気な呼吸が、ぼくを急き立てる。

「茂幸さん、晴文です」

家のドアを叩いて叫びながら、過去の時代にいるはずの雛子に呼びかけた。

雛子、君は小さなぼくを救おうとしてくれているのか？

この小さな雛子はぼくが必ず守りとおすから、無事に戻ってきて。

昨日のいざこざの修復を、まだできていないんだから。

家に明かりがついて、戸のカギが開けられる。

「どうした」

「船を出してください」

茂幸さんが「やっぱりこうなった」と未来を読んでいたように笑う。

「先に連れて行って準備しておくから、お前は荷物持ってこい」

雛子をおぶって、懐中電灯を手に、茂幸さんは坂を下っていく。

ぼくは伯父の家に引き返し、広げていた荷物をバッグに詰めていった。バッグの底にコツンとした手触りを感じ、それを手に取る。

何度も何度も握り締めてきたから、細かな模様まで触るだけでわかる。ガラス製なのに、よく今まで壊さなかったものだ。

ありがとう、雛子。この勇気の小瓶には何度も助けられてきた。きっとこれからも、助けられると思う。

でもこれからはその勇気は、雛子のために使いたい。

小瓶をズボンのポケットに入れ、肩からバッグをさげると、ぼくも港へ向かって駆け出した。

〜side 雛子〜

# （1）1時間ほど借ります

子供のころ、神隠しに遭ったことがある。

お昼寝から覚めて自分の部屋から出て、一階へ降りていくとお母さんがいなかった。

そのころお母さんは専業主婦で、私を家に一人置いていくなんてことはしない人だった。

リビングに入ってみるといつもと雰囲気が違っていた。家具や写真や小物がほとんど全て変わってしまっている。

その時ドアの鍵が開いて、誰かが入って来たのがわかった。そのままリビングへと入って来たのは、見知らぬおじいさんだった。

「だれ？」

「雛子ちゃんだね」

おじいさんは私の顔をじっと見て、ニコリと笑った。

「お母さんはちょっとお買い物に出かけてる。おじいさんと一緒にお留守番していよう」

「おじいさんはだれ？」

「雛子ちゃんのおじいちゃんの知り合いだよ」

おじいちゃんは岩手の人だけど、と思いながらも、私はまあいいかといつもどおりの過ごし方をした。

リビングの様子は変わっていたのに、お気に入りのオモチャは変わらずに箱の中に詰まっていた。人形とおままごとセットがあれば、好きなだけ遊んでいられた。

おじいさんはニコニコと私を見ているだけで、特に話しかけてくることもなかった。

私が「のどかわいた」と言えば私の好きなオレンジジュースを出してくれて、「おやつは？」と催促してみると嫌な顔もせずクッキーを皿に出してくれる。

そして2時間ほどが経ったころ、「眠そうだね、お昼寝してきたら」とおじいさんに声をかけられた。

さっき昼寝したと主張してもおじいさんは取り合わず、私を二階の部屋へ連れて行くと布団をかけてしまう。

別に眠くないのにと足をバタバタしていると、ふっと頭の奥に幕が下りたような感覚になった。

目が覚めた時、夕陽が窓を照らしていた。階段を誰かが上がって来て、ドアが開き「いた！」と大声で叫ばれた。お母さんだった。

「雛子！　あんた、今までどこにいたの」

「え？　ずっと家にいたよ？」

母は私を抱きしめ、私の体をひととおり観察し異常がないか確認すると、何があったか教えてくれた。

私は、神隠しに遭っていたのだという。

二階の部屋で昼寝している私がいつまで経っても起きてこないため、お母さんが様子を見に行くと、ベッドの中は空っぽだったのだそうだ。

お母さんは私がふざけて隠れているのだと考えて、家じゅうくまなく探したけれど、それでも私はどこにもいなかった。

休みの日だったのでお父さんと協力しながら、近所の公園や友達の家や幼稚園を回って、もう一度家の中を確かめてから警察に連絡しようと思っていたところに、私が現れたということだった。

私はずっと家にいたのだと主張した。お昼寝から覚めた時いなくなっていたのはお母さんのほうで、私は家で留守番していたのだと。おじいさんと一緒に。

「おじいさん？　誰それ」

「おじいちゃんのお友達って言ってた」

父方の祖父母は私が生まれる前に亡くなっていた。母方の祖父母は岩手で暮らしている。

「え、その人が、この家にいたの？」

「いたよ」

お母さんはまた青ざめて、お父さんを呼びに走っていった。そして二人で家中を、透明な鬼を探すかくれんぼでもしてるみたいに、確認し続けていた。

両親は今でもあの現象を神隠しだと思っている。

でも、文字が読めるようになった私に、正確に何が起きたのかを教えてくれた人がいた。

年長になったころから私は自分の部屋で一人寝るようになっていたけど、ある朝目覚めると枕元に一冊のノートが置いてあった。

やっとひらがなが読めるようになった子供に、そこに書かれた文章を読み理解するのは、結構な時間がかかった。

それでも部屋で一人になるたび、ノートを読み考えることで、私は自分の身に起きたことを理解できるようになっていった。

まず、ノートの持ち主は私だった。

このノートは、私達が情報を共有するためのものだった。

そして私に向けて説明してくれたのは、65歳の雛子。

あの神隠しに遭った日、私はその65歳の雛子と入れ替わっていたのだという。

65歳の雛子が、私の今いる時代に来て、幼い私は遥か未来の、65歳の雛子の生きる時代に飛ばされていたのだ。

だからあの時の自宅の様子は、いつもと違っていた。あれは未来にある我が家だったのだ。

私には生まれつき、そんな能力が備わっているのだという。

各年代の自分と入れ替わることで、年代を飛ぶことができる。タイムトラベルと呼べるのかわからないけど、そういった能力だ。

その能力を使うには、それなりに条件がある。

まず、他の年代の自分と現在の自分が同じ場所にいること。これは、同じ家の同じ部屋程度で大丈夫らしい。だからあの時、眠くもないのに私はベッドに追い立てられたのだ。

そして大事なのが、入れ替わっている間、お互いの体が距離的になるべく離れないようにに気をつけなければならないということだった。

ちなみに、65歳の私が行っていたのは、仙台駅だという。私の家からだと、ちょうど5キロ程離れた場所だ。彼女の経験から、そのくらいの距離が安全圏ということだった。離れたままでいると何が起こるのかというと、まずは頭が痛くなる。そこで立ち止まって引き返せば大丈夫。でもそれ以上離れて時間が経過してしまうと、呼吸困難の症状が出て、だんだん息ができなくなっていくという。

お互いの距離が近づけば症状はなくなるけれど、それができないままだと……。

はっきりとは書かれていなかったけれど、その先にあるのは死だとか消えるだとか、そういう最悪の結末なのだろうと、幼いなりにも理解できた。

このことは、誰にも秘密にしておくこと、と未来の私から念を押された。お父さんにもお母さんにも、先生にも友達にも秘密にしておくこと。

もう一つ私から念を押されたのは、子供のうちは自分から力を使おうとしないでほしいということだった。何が起こるかわからないし、戻ることもできなくなるかもしれないから。

そうやって釘を刺されたこともあって、私は普段力のことはあまり考えずに成長していった。

幼い私に変えたい過去などあるはずもなかったし、未来のことは未来の私がどうにかするべきだ。

時々、入れ替わりはやって来た。

それはほとんどが、寝ているタイミングで実行された。目が覚めて、部屋の雰囲気の違いから入れ替わりを察する。

そういう時、まずはノートを確認する。ノートか、ノートがない時はいつも抱えて眠っているウサギのぬいぐるみのポケットの中か。そのどちらかで、事情がわかる手はずになっていた。

ノートの新しいページに『1時間ほど借ります』そんなそっけない一文が書いてある。普段の入れ替わりはその程度のものだった。

子供のころに一方的にやって来た入れ替わりは、大抵休みの日の朝に1、2時間程度。その間私は、入れ替わった先に用意されたご飯やお菓子を食べたり、漫画やアニメのDVDを見て過ごした。

未来の我が家は人が住んでいる雰囲気の時もあれば、妙に寒々としている時もあって、お父さんやお母さんがいるような時は、ノートに部屋から出ないよう注意書きがされていた。

時々は、最初の時に現れたおじいさんが姿を見せてくれた。その人だけは事情をわかっているようで、いつも私を何だか懐かしいものを見るように見つめてくる。

戻ってみて確かめてみると、いつも私は書き置きだけを残してこっそり家を出ていくらしい。行き先は大抵図書館だった。図書館というのは嘘をついていないのだろうなと、思っていた。入れ替わった後は私の貸し出しカードが、机の上に置かれていたから。

未来の私が図書館ですることといえば、やっぱり調べものだろうか。新聞を調べているのかもしれないけど、インターネットを使いたいのかもしれなかった。私がスマホを持たせてもらえたのは中学生の時だったから、それまではお父さんのパソコンを借りてネットをするしかなかったのだ。

未来の私がこの時代で何を調べているんだろうと気になることもあったけど、私に教えてもらえないのは、それは私が知らなくていいことなのだからだと思うことにした。

自分自身がこの力によって、何かの恩恵を得られたという自覚はないけれど、ひとつだけよかったことがある。

何か悩みを抱えた時、ノートにポツンと吐き出すと、幾つもの返事が返って来るのだ。それはあらゆる年代の、経験値やそれぞれの考え方を持つ、何人もの私からの返事だった。

ノートに書かれた私の悩みを見て、何十年も経った私がその時の目線で助言を書き添えてくれる。ノートに書くその数分だけ入れ替わるのだろう。私は眠ったままで気づいていないけど。

未来の私は、みんなそれぞれの目線の考えを持っていた。みんなが信念を持ち、考えの中にも芯のように貫くものがあって、私がこんな人達に成長していけるなんて、十代の私には到底想像できなかった。

でも少しでも彼女達に近づきたくて、私はたくさん本を読んだ。

漫画や本のおすすめを、未来の私は教えてくれなかった。最初から当たりを選んでいたら、つまらないからというのが理由だった。はずれを引くことがあるから、当たりが出た時うれしいんだって。そしてはずれがなければ、自分の好みを知ることもできない。そのとおりだった。

本と漫画を読み、ミシンに向き合い、漫画でかわいい服を見つけたらデザインを起こして型紙を作って、自分で縫い上げてみたりと、十代のほとんどをそんな風に私は過ごした。

そうして自分なりに成長して思ったのは、この能力を使う必要があるのだろうかということだった。

タイムトラベルやタイムリープが出てくる作品を幾つか読んだり見たりしてみたけど、主人公がその力を使うことで、周りの人の運命にまで干渉したり、世界を変えてしまうこともある。

人の運命を変えるなんて、それは神様の領域だと私は思う。

私は、神様じゃない。

自分の運命だって同じだ。何が起きるとしても、それが運命なら受け入れるしかない。だから私には、未来の私達が何のために能力を使って過去に行くのかが理解できなかった。

晴文君に出会うまでは。

晴文君を気にかけるようになったのは、いつからだったろう。

専門学校に入学して、バイトを始めて、あのころは新しい生活に慣れるのにいっぱいいっぱいで、お客さん一人一人に目を留めている心の余裕はなかった。

どうにか仕事を覚えて、営業用スマイルも自然に出せるようになったころ、仙台の街は青葉に包まれていた。

日差しがきつくなってくるころ、心地いい木陰を作り出してくれる街路樹は、ありがたい存在だ。初夏の日差しに若葉の表面は金色に輝き、木漏れ日を浴びるだけでその生命力を分けてもらえる気分になる。

その青々とした季節に、私は彼を見つけた。

バイト先のカフェへ向かう途中のことだった。地下鉄の駅を出て歩いて行くと、前からやって来る人がちょっと不思議な歩き方をしている。

そっと道の端に避けつつも、気になって眺めていると、どうやらその人は木漏れ日だけを踏みながら歩いているようだった。時々は大きくジャンプしたりして、光の当たる所を選んで歩いて行く。

大学生くらいに見えるのに、小学生みたいと微笑ましく思った時だった。

彼の行く先に街路樹が途切れて、木漏れ日がなくなった。光だけを選んで歩いてきたのだから、光に満たされた道をそのまま進んでいくのだろうと思った。

彼は何だか途方に暮れたように、足を止めた。そして意を決したように、光の中に足を踏み出す。その横顔は、悪いことが起きるのを恐れているように見えた。

次にカフェに彼が訪れた時、あの時の彼だと気がついた。それから私は彼を――晴文君を気にかけるようになったのだ。

喪服のボタンをつけてあげるというきっかけがあって、すごろくのコマを進むみたいに、少しずつ少しずつ私達の仲は近づいていった。

彼を知るごとに彼を想う気持ちは強くなっていき、同時に私は恐ろしくもなっていった。

彼は一日の始めに、今日のルールを決めている。それは木漏れ日だけを踏んで歩くというようなちょっとしたものだけど、彼にとってそれを守ることは絶対だった。

付き合い始めのころ、松島までドライブしようと予定を立てたことがあった。だけど当日になってみると、天気予報は大はずれで、向かう途中で大雨に降られてしまった。雷まで鳴り出す始末で、こんな状態で海に行っても観光どころではないと、私は引き返すことを提案したのだ。

だけど彼は頑なに目的地まで行くことにこだわった。どうしてとたずねると、今日のルールだから、と。

どうにか辿り着けた松島では、風のために遊覧船も出ていなくて、結局車の中で雨に煙《けむ》る海を眺めるだけでデートは終了してしまった。

その他にも、ルールを守るために歩く道を変更したり、昼食のお店を探すのに苦労したりと、ささやかだけどトゲのように引っかかる弊害がたくさんあった。

困ったことに、彼自身はそのことを重大なこととして受け止めていないようだった。小学生が歩道の石の色を選んで踏んでいくのと、同じ感覚でいたのだ。

彼は一生この自分で決めるルールに、縛られていくのだろうかと思うと、私達の未来に雨雲がかかるような気がした。

友人に相談すると、必ず贅沢な悩みだと言われてしまうのだけど、彼が優し過ぎるのも、私には気がかりなことだった。

女性だからホルモンバランスのせいで、何でもないことでイライラしてしまう日がある。そんな時の彼は、いつも以上に優しくなる。服を褒めてくれたり、私の好きなケーキを買ってきてくれたり。

優しくされるのはうれしいけれど、彼が常に私の機嫌を窺っている感じが嫌だった。私だけが特別ではない。彼は人の怒りに敏感で、誰に対しても怒らせないよう気を遣っているのだ。

その気遣いは、彼を疲弊させないだろうか。

彼とより深い話をするようになって、もう一つわかったことがある。

彼は、生きること自体に罪悪感を抱えていた。

お母さんが意識を失うことになった経緯については、彼自身が語ってくれた。

彼は起きたことだけを淡々と説明し、自分の感情をそこに載せることはしなかった。

だけど伝わってきた。

お母さんを救えなかった、悔しさ。自分だけが無事だったという、申し訳なさ。

今、何事もなく生きているという、罪悪感。

彼は私と一緒にいることを幸せだと感じてくれているようだったけど、幸せを実感すればするほど、その影は濃さを増していくのではないだろうか。

夏の日差しの眩しさと、木陰の暗さを思わずにはいられなかった。

どうにか彼の中から、その罪悪感を消し去ってあげたい。

彼と一緒に過ごすごとに、私の中でその思いは増していった。

私さえ決断すれば、それは不可能ではないのだった。だって私には、あの力があるのだから。

人の運命をいじろうとするなんて、エゴイストのすることだ。自分達のためだけに特別な力を使おうなんて、おこがましい。そんなことをしたら、きっと天罰が下る。

私の衝動を抑えようとする声が私の中で嵐のように吹き荒れて、それらの声に真摯《しんし》に耳を傾けて考え続けても、やっぱり私の気持ちは変わらなかった。

晴文君を、救いたい。

意を決して私は、ノートの白いページに、その思いをつづった。未来の、たくさんの私達に向けて。

『晴文君を助けたいの。みんな、協力してくれる？』

それを書いた瞬間、ここが始まりなのだとわかった。

未来の私が、私と入れ替わって何をしていたのか。

あれらはきっと、全て晴文君を助けるためにしていたことだったのだ。

すぐに、各年代の私達が動き出した。その年代でわかっていること、調べられることをノートに次々と書きこんでいってくれる。

未来の私達は、過去の私に教えるべきことを調整していた。私が将来誰と結婚し、どんな仕事をし、どんな人生を歩むかということは決して教えてくれなかった。

それらの情報をうまく避けながら、晴文君に関することがノートを埋めていった。

その中には新聞記事も何枚か含まれていた。あの、心中事件に関する記事。これは週刊誌の記事やネットニュースの記事も引用されていた。

何よりショックを受けたのは、一人の私が教えてくれた事実だった。

彼女の生きる世界では、晴文君は島から出ることなく、伯父さんと共に東日本大震災で命を落としてしまっていたのだ。

未来の私は淡々とその事実を伝え、こう続けていた。

『彼がその運命を辿っていたら、あなたはまず彼と出会うことができなかった。だから彼が島に行く前に、ちょっとだけ助言してみたの。行動したのは、彼自身よ』

その後に、未来の私と幼い晴文君とが交わしたやり取りが細かに綴《つづ》られていた。

両親が神隠しと騒いだ、あの時のことだろうか。

未来の私の言葉を何度も読み返していると、涙が止まらなくなった。

彼と出会えなかった人生なんて、想像もしたくなかった。今の私にとって、晴文君はかけがえのない人で、できればこの先もずっと一緒に生きたいと思っていたから。

「ありがとう」

未来の私に向けて、そうつぶやいた。

ありがとう。彼を助けてくれて。私と出会わせてくれて。

それと同時に、晴文君にも同じ言葉をささやいた。

ありがとう。生きていてくれて。未来を変えてくれて。

私と出会ってくれて、ありがとう。

未来の私達は、せっせと情報を集め続けてくれた。

小学生の私と入れ替わり、図書館で新聞やインターネットを使って心中事件に関する情報を集めているようだった。

更にはどんな方法を使ったのか私には見当もつかなかったけれど、晴文君のお父さんから聞き出した情報もあった。彼のお父さんとお母さんが離婚に至った経緯や、離婚前のお母さんの様子までがノートには書きこまれていた。

未来の自分の有能さに、正直私は驚いていた。

今の私は機械音痴で、パソコンのキーボードを打つのだって苦手だ。ネットで何かの情報を探そうとしても、時間ばかりがかかってしまって、偽の情報に引っかかってしまうことだってある。

本当に、私が成長した先に、この人達が存在するんだろうかと疑問が湧くほどだった。

それでも、頼りになる未来の私達が何人いようとも、実際に過去に行って行動を起こすのは、晴文君を救うと決めた今の私なのだった。

心中事件の起きた日の記事を読みこんで、私は自分がするべきことを決めていった。

正直先のことを考えるのは苦手だ。考えすぎる癖のある晴文君に、一歩先のことだけ考えていればいいと、いつも言っていたくらいだから。

スケジュールを立てて、そのとおりに行動するのも苦手だった。だけど苦手でもこれはやらなくてはならない。

電車の時間を調べ、細かにスケジュールを立て、時間ごとに行動予定を決めていき、入れ替わった先の私が一緒に動いてくれるようにしておく。

突然子供に入れ替わってしまった私を見て、晴文君は何を思うのだろう。すんなりと入れ替わったという発想にはならないだろうから、私が子供に戻ってしまったと勘違いするかもしれない。

どうか晴文君が、子供の私の言うことを聞いてくれますように。

もし彼が旅程を無視して仙台に戻ってしまったら、計画は頓挫《とんざ》してしまう。私と入れ替わった私の体が離れた場所に行ってしまったら、恐らくどちらもが消滅してしまうだろう。

心中事件が起きたのは、今から14年前の8月26日。その日の朝に、その年の私と入れ替わらなければならない。

母は私の幼稚園時代の連絡帳や作品を保存してくれていて、その中に夏休み中の課題があった。幼稚園の課題だから、歯みがきやお手伝いができたら色塗りするものだけど、親が書きこむ予定表の欄もあって、そこにおばあちゃんの家に泊まりこむ予定も書きこんであったのだ。

14年前の夏休み。年長でバラ組だった私は、8月28日までおばあちゃんの家で過ごしていた。

おばあちゃんの家ではいつも、決まった部屋で寝泊まりしていた。過去の自分がどの部屋にいたのかわかっていれば、入れ替わることができる。

旅行の初日はおばあちゃんの家に泊まり、子供のころ寝ていた部屋で寝て、そこで5歳の私と入れ替わることにした。

入れ替わった後は島に渡り、小さな晴文君に接触しておいたほうがいいだろう。

旅行のスケジュールを見せた時、晴文君には回る順番がおかしいと散々言われてしまったけれど、まずは北上へ行って子供の私と入れ替わってから島へ向かわなければならないのだ。

一番心配なのが、晴文君を助けた後のことだった。

子供の晴文君を連れて、島を出なければならない。それも、誰にも知られないように。

どうやったらそれが可能になるのかと考え、調べ続けて、私は一つの結論に達した。

私が船を、操縦するしかない。


越秋島から本島の港まで船を操縦するには、一級小型船舶の免許が必要だった。

子供のころから、機械類の操作は苦手だった。ミシンだけは相性がよかったけれど、遊園地のゴーカートすら行きたい方向に行けなくて、バイト先でもコーヒーマシンの扱い方を覚えるのに苦労したものだった。

それでも、やるしかなかった。

子供の晴文君を助けられるのは私しかいなくて、彼を助けるためには船の免許が必要なのだ。

調べた結果、宮城県内でも小型船舶の講習を受けられることがわかった。期間は五日間。学科が四日間で、最後の一日が実技講習の日だ。そして試験に合格すれば、免許交付となる。

講習費用もそれなりに必要だった。しばらくは、化粧品もカフェでランチも我慢することになりそうだったけど、バイト代を貯めれば払える額だ。

七月の三連休に加えてその前後一日ずつ学校を休んで、講習を受けることを決めた。とにかく一発で免許を取らなければならない。そのために私は、二カ月前から試験用の問題集を毎日解き、解説を読みこんで勉強に励んだ。

専門学校に通ってバイトも休まなかったから、晴文君に会える時間は減ってしまったけど、彼のためだと思えば睡眠時間を削るのも苦にならなかった。

実技試験ではロープワークなるものがあることを知って、ロープを買って来ると、動画を見ながら家で毎日結ぶ練習をした。決められた動作で素早くロープを結ぶというのは、正直私が一番苦手とする類《たぐい》のものだった。苦手だからこそ、練習するしかなかった。

そして訪れた講習の日。

三連休は友達と温泉に行くのだと、晴文君には嘘をついてしまった。後ろめたさは感じたけれど、彼を助けるための嘘なのだと自分に言い聞かせた。

講習を受けられるスクールまでは、電車一本で行ける。お母さん達にはいつもどおり学校に行く風を装って、講習へと出かけた。

学科講習は、学校の授業と変わらない雰囲気だった。ここに来るまでに教本はしっかり読みこんでいたし、問題集一冊丸暗記するくらい勉強してきた自信があったから、余裕を持って講習を受けることができた。

学科試験も問題集を解き続けたおかげで、ほとんどの問題に自信を持って回答することができた。

そして、自分にとっては最難関の実技講習の日がやって来た。

ロープワークは練習してきたかいがあって、講師に褒められるほどだった。

だけどいざ操縦席に立ちハンドルを握ると、私の機械音痴が発揮されてしまった。

どういうわけか、思った方にハンドルが切れない。特に着岸が難しかった。桟橋にぶつかるのだけは避けようとするあまり、着岸とは言えない位置に船を停めてしまう。焦って前進と後進を繰り返すと、講師に苦笑いされてしまった。

実技講習が終わると、すぐに試験だった。

今日一日教わったことで、頭はパンク状態だった。とにかく教わったとおりにやるしかない。幸い、風は弱かった。一つ一つの動作をしっかり声に出して伝えていく。

ひととおりの流れを、私なりに精一杯やった。ロープワークは時間内にできたし、点検作業も方位測定も間違えずにできた。着岸は時間がかかってしまったけど、ちゃんと桟橋に寄せることができたし、離岸は着岸よりもスムーズにできたと思う。

そして合格発表の日。ホームページで発表された合格者の中に、無事自分の番号を確認することができた。

私はその足で、晴文君に会いに行った。

本当は合格したうれしさを伝えたくてたまらなかったけれど、その気持ちを抑えて、温泉のお土産だとお菓子を渡して、そして計画を打ち明けたのだ。

夏休みに、二人で旅行に行こうと。

## (2) 石の塔は倒れる

私は未来の私からの言いつけを守って、今まで自分から入れ替わりを行ったことはなかった。

だけどこの計画を遂行するためには、私が力を使わなければならない。

どうやったら、それができるのかとノートで訊ねてみると、クスクス笑いが聞こえてきそうな返事が返ってきた。

『あなたはそれを望むだけでできるはずよ。まずは一度試してみて』

望むだけで、できる。そう言われても、やっぱりわからなかった。

やはり試してみなければいけないらしい。

その夜ベッドに入って、私は望んだ。13歳の時の私。日付は……今日と同じで。

目を閉じてそう願うと、頭の中の暗闇に自分の姿が浮かんだ。中学生の時の私。まだ髪が肩よりも短くて、イチゴ模様のパジャマを着ている。

そっと手を伸ばして、中学生の私を抱きしめるようなイメージをしてみる。頭の中で私が私を抱きしめたと思った時、私の体は中学生の私の体をすり抜けていた。

はっと目を開けて部屋の明かりをつけてみると、部屋の中が変化していた。

机の横にはミシンがなくて、中学時代に使っていた通学用リュックがイスにかけられている。そしてハンガーにかけられた、中学時代のセーラー服。

13歳の私と、入れ替われたのだ。

本当に望むだけで、それはできてしまった。

戻る時も同じだった。戻りたいと望んで、頭の中で入れ替わった自分を捕まえるだけ。

まずは、計画の第一段階成功と言えた。

船のエンジン音は、ミシンの音に何だか似ている。

私の相棒のミシンは、中学三年の時に買ってもらったものだ。厚手の帆布《はんぷ》も縫えるパワフルなモーター搭載で、私の部屋には机の横にミシン用のテーブルがあって、そこにいつでも使えるように置いてある。

順調に縫えている時のミシンの音というものは、私が一番安心する音かもしれなかった。布が固くて針が通らなくなった時のモーターが上げるうなり声は、私にとっては一旦立ち止まるべしの警告音だ。

朝起きて、5歳の雛子と入れ替わって、お母さん達に気づかれないよう家を抜け出して、家から離れすぎない場所で待機して、タクシーを拾って駅へ移動して——。

そして今、こうして越秋島へ向かう定期船の中にいる。

何かやり残していることはないかと、記憶をチェックする。

小さな雛子のぬいぐるみの中に、手紙は入れて来た。彼女はすんなり、あれを読めただろうか。

入れ替わりのことは誰にも秘密というルールを、どれくらい厳密に守らなければならないのかは悩ましいところだった。

子供時代に何度か会ったおじいさん。あれはもしかしたら……と思いながらも、ルールを破った時に何もかもが台なしになることが恐ろしかった。

だからせめてもの保険のように、暗号にしたのだ。

5歳の私が着ていた服や靴も、家の中に用意しておいた。

後は晴文君が予定どおりに移動していることを、祈るしかない。

エンジンの音に身を委ねて、窓の外に広がる海を見つめていた時だった。

頭の中で、ミシンのモーターがうなり声を上げた。

一旦止まれの合図。立ち止まって確認し、仕切り直せの合図。

頭にピキッと、痛みが走る。透明な針が差しこまれたように。

ああ、来てしまった。

これはまだ、予兆でしかない。これ以上進むなという、警告アラートみたいなものだ。

その数分後に、息苦しさがやって来た。

入れ替わっていた時に、何度か経験した苦しさだった。その時はすぐに向こうの私が近くまで来てくれたから症状も収まったのだけど――。

何が起きたのかはすぐにわかった。子供の雛子が、この定期船に乗れなかったのだ。

立ち止まらなければいけないのに、船はずんずん進んでいく。私のためだけに引き返してもらうわけにもいかず、もう成り行きに任せるしかなかった。

向こうの雛子と、晴文君を信じるしかない。

どうにかして、二人が島に渡ってくれることを、祈るしかない。

少しでも楽になる姿勢を探して、ゆっくりと呼吸することを心がける。だけど肺がうまく膨らんでいる気がしない。いつもの三分の一くらいしか、酸素が入っていかない気がする。陸に揚げられた魚って、こんな気分なのかな。

船内にアナウンスが流れて、もうすぐ越秋島に到着するのだとわかる。目を開けると、かすむ視界の中で島が近づいてくるのが見えた。

苦しさをこらえながらどうにか船を降りて、港に置かれたベンチに座ると、もうそこから動けなかった。

息を吸って吐くことだけに集中し、余計なエネルギーは使わないようにベンチに横たわる。

この状態のまま、何分もつだろう。

このまま何もできずに、死んでしまうのだろうか。

まぶしい日差しに全身を包まれているのに、絶望で目の前が暗くなる。

ふと気がついた。視界が暗くなったのは、誰かが私のそばに立ったからだった。

「具合悪い？　ねっちゅーしょう？」

少し舌足らずなしゃべり方で、子供なのだと気がつく。目を開けるとこの暑いのに長袖を着た男の子が、私の顔を覗きこんでいた。

声を出すことも苦しくて、うなずくだけで答える。

「水飲む？」

私はうなずきながら、自分のバッグを指さした。

朝入れ替わった時、私はお母さんと同じ部屋で寝ていた。お母さんを起こさないようにこっそり家を抜け出す時に、子供の時に使っていた自分のバッグを持ち出してきたのだ。

入れ替わりの時は、身に着けたものだけはそのまま持っていくことができる。だから今回は早朝に起きて、晴文君を起こさないように服に着替えて、お金をポケットに入れて靴まで履いてから入れ替わっていたのだ。

子供用の小さなバッグには、船に乗る前に買ったペットボトルの水が入っている。

男の子はそれに気がつくと、ペットボトルの蓋を取って私の手に持たせてくれた。頭を少し起こして、少しずつ水を喉に流しこむ。胃が冷えて少しだけ楽になったような気分になれる。

男の子は心配そうに私に寄り添ってくれていた。呼吸が少しでも楽になるようにと、背中をさすってくれている。

ふっとその手の感触が、晴文君のものと重なった。

目を閉じると、晴文君がそばにいてくれるような気になる。それだけで気持ちが穏やかになって、呼吸まで楽になっていくような気がした。

いや、気のせいではなかった。時間が経つほどに呼吸は楽になっていった。肺がしっかり膨らんで、酸素が体の隅々まで運ばれていくのがわかる。

そのうち意識して吸わなくても呼吸できるようになり、私はベンチに起き上がった。どうやら、助かったようだった。向こうの雛子と晴文君が、船に乗れたのだ。

「お姉さん、大丈夫？」

体に酸素が行き渡って、みるみるうちに体調は復活していった。もう一度水を飲み、男の子に向き合う。

「ありがとう。水分取ったら元気になったみたい」

「よかった」

心から私のことを心配してくれていたのだろう。パッと彼の顔が明るくなる。

その笑顔を、思わずまじまじと見つめてしまった。

幼いけれど、確かに面影がある。眉毛の形とか、ちょっとはにかむような笑い方とか。

それに、アルバムで見せてもらった幼いころの彼の写真。

(似てる)

男の子の耳の裏にほくろがあることを見つけて、私は確信した。

この子は、晴文君だ。


島に着いたら、まずは晴文君を探さなければと思っていたけど、着いたとたんに出会えてしまった。

大人の彼も、困っている人がいたら手を差しのべる人だけど、その性格はこんなに小さなころから変わっていなかったんだ。

「あなたのおかげで、助かった。私雛子って言うの。あなたのことは、何て呼べばいい？」

知らない大人の人を警戒するかなと思ったけど、彼は素直に教えてくれた。

「はるだよ」

「はる君？」

「うん、ここの人はみんなそう呼ぶ」

「ねえ、はる君、ひさご屋っていう民宿知ってる？　私そこに泊まる予定なんだけど」

「知ってるよ、伯父さんちの近く。一緒に行く？」

「うん、案内してくれる？」

民宿の予約は、事前に子供の雛子と入れ替わって、公衆電話を使ってしておいた。

晴文君は港を抜けると、坂道を登っていった。その後に続いて、ゆっくりと舗装されていない道を歩いていく。

少し高い所に上がると、島の様子がよくわかった。さっきまでいた港には、漁船が何隻か停まっていて、その近くに魚の加工場なのか大きな白い建物が見える。

港の向こうには、砂浜が広がっているのも見えた。

「あそこは、砂浜？」

「うん、いつもあそこで遊んでる」

さっきも晴文君は、砂浜に向かうところだったのかもしれない。

「後で私も行ってみようかな」

そう言うと、晴文君はうれしそうにうなずいた。

坂を登りきると、平坦な土地が広がっていた。家がまとまって建っていて、集落という感じだ。

「あそこが、ひさご屋だよ」

晴文君が指さす先に、民宿の看板が見えた。

「それでね、ぼくんちはあそこ」

晴文君が、集落の突き当りにある家を指さす。個人情報は他人に教えないという意識が、このころはまだまだ低かったんだなとわかる。

それでも私にはありがたい情報だった。島に着いたらどうやって晴文君の住む家を突き止めようかと、散々考えていたのだ。

この場所なら、民宿からすぐに来られる。

家の前で晴文君と別れて、民宿へと向かった。出迎えてくれたおかみさんは私の荷物の少なさに怪訝そうにしながらも、部屋へと案内してくれた。一階の部屋で、窓から海が臨める。

「ちょっと散歩に行ってきます」

おかみさんに声をかけて外に出ると、まずは自分が泊まっている部屋の外の様子を確認した。

窓は少し高め。足場は良好。でも、踏み台が欲しい所。民宿の周りをぐるりと歩いてみて、木箱が放置されているのを見つけた。それを自分の部屋の窓の外へと移動しておく。

坂を下っていって港を過ぎたところに、その砂浜はあった。こじんまりとしたビーチで、波は穏やかに打ち寄せている。子供が遊ぶには絶好の環境だった。

波打ち際では数人の子供達が遊んでいた。それぞれ水着を着て、ビーチボールでバレーをしたり、浮き輪を使って波に浮いたりと、夏を満喫している。

彼は、服を着たままで砂浜にいた。

波の届かない場所で、真剣な顔で石を積んでいる。砂浜の先には打ち上げられた小石が積み重なった場所があって、石がなくなるとそこまで行って、職人のような目つきで石を選び抜いては、砂浜まで戻ってまた石を積む。

修行でもしているような姿にしばらく声がかけられなくて、石の塔が二つ出来上がるまで見つめていた。

晴文君が再び石を取りに向かったところで、顔を上げてようやく私の姿に気がついた。

「あ、さっきのお姉さん」

真剣な顔つきが、パッと笑顔に変わる。

「石を選ぶの、私も手伝っていい？」

「うん。なるべく平たいのね。崩れないように。それと、大きいのを」

太陽に照らされた石は、生き物のような熱を持っている。小さな石を避けながら、晴文君のお眼鏡にかないそうな石を探していく。石と石が触れあうたび、カラカラと音が反響する。何だか足元が抜けていきそうな音だった。

「こういう石？」

晴文君の手の平ほどの石を見つけ出すと、彼は「そう」とうなずく。見つけ出した石を持って、砂浜へと移動した。

カラカラに乾いた砂の上に、彼は土台となる石を置いた。その上に慎重にバランスを見ながら二つ目の石を置いていく。

「この石、何か意味があるの？」

「この石が倒れないうちは、悪いことが起きないの」

子供のおまじないにしては、彼の顔は真剣すぎた。まるで陰陽師《おんみようじ》が結界を張るような、厳粛さが感じられる。

「もう一つ石見つけてくるね。お姉さんここで見張っててちょうだい」

「うん、いいよ」

石を取りに行く晴文君を見送って、砂浜に伸びる石の塔の影を見つめていると、海に入って遊んでいた子供が近づいて来た。

「お姉さん、はるの知り合い？」

「ううん、今日初めて会ったのよ。私は旅行で来てるの」

「旅行に来たんだったら、島の反対のビーチのが広くてきれいだよ」

「ここも十分きれいよ」

よく日焼けした、健康そうな男の子だった。晴文君より二つか三つ年上というところだろうか。「ふうん」と言って、男の子は石の塔をつつこうとする。

「あ、崩さないで」

慌てて止めると、「崩さないよ」と笑って、上の石を軽く撫でた。

「あいつ、この石のことなんて言ってた？」

「あいつって、はる君？」

「そう」

「この石が倒れないうちは、悪いことが起きないんだって」

男の子は不可解そうに首を傾げた。その髪から水が滴り落ちて、砂に吸いこまれていく。

「どうかした？」

「倒れるんだよ」

「え？」

「この場所は、潮が満ちてきたら波に呑まれる。あいつが作った石の塔は、いつも波に呑まれて倒れてるんだ」

男の子の話を聞いて、私もわからなくなった。

倒れたら悪いことが起きると信じている石の塔を、どうして彼は波に呑まれる場所に立てているのだろう。

晴文君が戻って来ると、男の子は親しげに話しかけた。

「年上のお姉さんゲットとか、はるもやるなあ」

「ゲットって、ポケモンじゃないんだから」

困ったような笑顔を浮かべて、晴文君は慎重に五番目の石を載せていく。それで世界の均衡《きんこう》が守られるというような、厳かさで。

三つの石の塔が完成して、晴文君は満足したようだった。再び海水浴に戻っていく男の子に手を振って、日陰へと移動する。私も彼にくっついて、小屋の作る影へと移動した。

「ねえ、あの石の塔、もう少しこっち側に建てたらいいんじゃない？」

潮が満ちたら波に呑まれるという事実を、彼が知っているかどうかわからなかったから、それとなく提案してみた。

晴文君は、きっぱりと首を振った。

「あそこでいいんだ」

真夏の太陽が作る影の中で石の塔を見つめる彼の目は、妙に黒々としていた。何かの闇が凝《こ》り固まったかのように。

「ねえ、どうして波が白いか知ってる？」

水平線に近い場所を横切っていく船を指さして、無邪気な顔で、彼は問いかけて来た。船の立てた白い波が、紺碧の海の上にくっきりと航跡《こうせき》を刻んでいる。

その答えを、私は知っている。子供のころ同じ疑問を抱いて、調べてみたことがあるのだ。

答えは、空気と海水が混ざって作り出された泡。泡が白く見えているのだ。

でも彼の無邪気さは、そんな現実的な答えを拒むように見えた。

「知らない。どうして白いの？」

うれしそうに、彼は教えてくれた。

「海っていうのはおっきなケーキみたいなものなんだ。そこを船で切っていくと、中からクリームが出てくるんだ」

「じゃあ、どうして海の水はしょっぱいの？」

待ってましたという顔で、彼は答える。

「神様が、砂糖と塩を間違えたからだよ」

予想もしなかった答えに、笑ってしまった。その反応がうれしかったようで、彼も顔をくしゃくしゃにして笑う。

「それ、誰に教えてもらったの？」

「お母さん。秋田にいたころにね」

「お母さんは、元気？」

晴文君は、一瞬虚をつかれたような顔をした。

「あんまり……。ここに来てから、笑わなくなったし。加工場で仕事してるけど、しんどそう」

「はる君は？　何か辛いことない？」

晴文君は、探るような目つきで私を見た。どうしてそんな質問をするのか、何か疑っているのか、と考えているのが、表情から窺える。

「ないよ、何も」

無意識だろうか。長袖に覆われた腕を、もう片方の手で押さえるのが目に入った。

「長袖、暑くない？」

「暑くない」

「ねえ、石が倒れたら、どんな悪いことが起きるの？」

さっきまでの無邪気さも朗《ほが》らかさも、完全に彼の顔から消え失せていた。私を疎むように睨みつけて、でも次の瞬間には何かを迷うように、波打ち際に建つ石の塔に視線を向ける。

その目が海の方に向けられて、刹那《せつな》的に彼の表情が凍りついたように見えた。でもすぐに笑顔に変わり、立ち上がる。

「あの船、伯父さんのだよ。ぼく迎えに行かないと」

「私も行く」

彼は明らかに迷惑だという表情をしたけど、私は気づかない振りをして彼についていった。

港に行くと、エンジン音を響かせながら、漁船が近づいてくるところだった。サツキの花が描かれた旗が掲げられていて、船体には皐月《さつき》丸と名前が書かれている。

その船の特徴と名前とを、私はしっかりと目に焼きつけた。

船がスピードを落とし、岸へと近づいて来る。思わず、ここでエンジンを中立、ハンドルを右に切る、と頭の中で船を操作してしまう。

操船に慣れた漁師さんの着岸は、さすがとしか言いようがなかった。岸に横づけすると、静かに停止する。エンジンの音が静かになると、操縦席から出て来た男の人が、係留用のロープを投げた。

「はる、繋いでくれ」

晴文君はロープを手に取ると、慣れた様子でボラードと呼ばれる杭にロープを結びつけていく。もやい結びと呼ばれる結び方で、私も何度となく練習したやり方だった。

船から岸に降り立ったのは、三十代半ばほどの男の人だった。潮に当たったせいか髪は茶色く、肌も日焼けしている。細身だけどがっしりとした体型だった。力仕事で、自然と鍛えられるのだろう。

「おかえりなさい。貴司伯父さん」

この人が、晴文君の伯父さん。私は息を潜めるようにして、その人を見つめた。

「ああ、ただいま。——はる、その人は？」

深海を思わせる目が、私を見つめた。

「旅行に来たんだって。ひさご屋さんに泊まってるんだよ」

「へえ、こんな何もない島に、女性お一人で？」

カフェで身に着けた接客用のスマイルを、私は顔に貼りつける。

「ええ、一人でのんびりしたくて。はる君には船酔いで動けなくなってたところを、助けてもらったんですよ」

「そうか。はる、今日もいい子にしてたんだな」

貴司さんが手を伸ばす。その一瞬、晴文君が身をこわばらせたのがわかった。貴司さんはガシガシと晴文君の頭を撫でて、「まだ仕事があるから、先に戻ってろ」と言う。

「私ももう戻るから、一緒に行こう」

そう言った瞬間、貴司さんの視線が細く尖るのがわかった。その鋭利さに気づかない振りをして、晴文君の手を握る。

ペコリとおじぎをして貴司さんに背を向けても、その視線が私の背中を刺し続けるのを感じていた。

晴文君は私の手を振りほどいて、数歩先を歩いて行く。

その足元に何だか違和感を覚えて、気をつけて見てみると、左右の靴が逆になっているようだった。

「ねえ、その靴、逆に履いてない？」

「これでいいの」

「履き直さないの？　歩きにくくない？」

「今日の、決まり」

晴文君が大人になっても続けている、自分で決めたルールだ。石の塔を作るのと同じで、何かの願掛けかもしれない。

坂を登りきると、「じゃあね」と彼は手を振って自分の家へと向かう。

「またね」と手を振って、その後姿を見つめ続けた。

またね。後で助けに行くからね。


民宿の夕食は新鮮なお魚の刺身に焼き魚に、焼きウニにホヤの酢の物と海鮮尽くしだった。ホヤを食べるのは初めてだったけど、口の中が潮の風味でいっぱいになって、今まで食わず嫌いしていたのを反省してしまった。

お風呂に入って部屋に引っこむと、私は準備を始めた。

浴衣から服へと着替え、トイレに行く振りをして玄関から自分の靴を持ってきておく。

荷物は小さなバッグ一つだけだから、まとめる必要もない。

部屋の便せんを使っておかみさん宛てに『お世話になりました』と記し、宿泊料金より多めの金額を封筒に入れてテーブルに置いておく。

夜も更けて来たころ、私はそっと部屋の窓を開けた。

かすかに波音が聞こえる。空には三日月が浮かんでいて、星の明かりの方が強いくらいだった。

昨夜見た満天の星空を思い出した。

私に他に好きな人ができたのじゃないかと疑う晴文君の言葉と、切り裂かれたような胸の痛みも一緒に蘇る。

嘘をついたのは、晴文君のためだった。

本当のことなんて言えるはずがなかった。

子供のあなたを助けるために、小型船舶の免許を取りに行ってたなんて。

いつか、本当のことを、彼に言える日が来るのだろうか。

靴とバッグを地面に落とす。一つ深呼吸して、後ろ向きに窓からそろりと身を乗り出した。爪先が昼間用意しておいた木箱に触れる。腕で踏ん張りながら、木箱の上に両足を下ろす。

無事に木箱の上に降り立つと、音を立てないように窓を閉めた。脱出成功だ。

靴を履いて足音を立てないように歩き出す。星明かりのおかげで、何とか足元がわかる程度の明るさはあった。

幸い人通りはまったくなく、人目を気にする必要もない。それでも足音には気をつけながら、晴文君の暮らす家へと急ぐ。

彼を助け出すタイミングについては、何度も考えて来た。

彼のお母さんに、私の姿を見られるのは避けたかった。私が何者なのかを説明することもできないし、そして何より、なるべく人の運命を変えることは回避したい。

誰かの運命を変えてしまったら、未来にどんな影響が起こるかわからない。

本当なら晴文君の運命にも関わるべきじゃないのだけど、一生に一度だけのわがままだからと、いるかどうかもわからない神様にお願いしたのだ。

私が行動したことで、未来に何かの影響が出たとしたら、その責任は私が取る。だからどうか、今回だけは見逃して欲しい。

私がどうして、こんな力を持って生まれてきたのかはわからない。

でも、この世でたった一人の愛する人を救うために授かった力だと、そう、うぬぼれてはいけないだろうか。

晴文君の暮らす家へと向かうと、私は家の横にある作業小屋へと足を向けた。

小屋の窓からそっと中を覗く。常夜灯のオレンジ色の明かりだけがポツンとついていて、下の方は暗闇に沈んでよくわからない。

窓に顔を押しつけるようにして、隅々まで見渡してみる。ガラスが汚れていて見えにくかったけれど、小屋の隅で禍々《まがまが》しいほどに赤く輝くものは確認できた。きっと、練炭の火だ。

(どうしよう。遅かった?)

一瞬迷ったけれど、意を決して入り口の戸に手をかけた。お母さんが助からなければ、あんなにも準備してここへ来た意味がない。

戸は中からカギがかけられていて、びくともしない。窓も全て確認してみたけど、カギがかけられた上に、隙間にガムテープで目張りがされていた。

地面を見渡すと、拳くらいの大きさの石が転がっているのを見つけた。それを抱えてあちこちの窓を覗いて、二人がどこにいるのか見つけ出そうとする。

いた。人の形の影が壁にもたれているのがわかる。晴文君もそのそばにいるのだと信じて、私は二人から一番離れた場所の窓に向かって、石を投げつけた。

ガラスの割れる音が辺りに響き渡る。小屋の中で小さな影が、ビクッと揺れた気がした。

ガラスに開いた穴から手を入れて、カギをはずす。でも目張りされているせいで、窓はなかなか開かない。

だめなら体当たりして窓ごとはずそうかと考え始めた時、わずかにガムテープがはがれて、窓に隙間が生まれた。そこに手をかけて、力をこめて窓をこじ開ける。

やっと私が入れるだけ窓が開いて、私は大きく息を吸った。息を止めて、窓枠に足をかける。

ガラスを踏まないように気をつけながら中に入ると、まずは電球のひもを引いて明かりをつけた。

思ったとおり晴文君は、お母さんの隣にいた。かすかに目を開けて、眩しそうに私を見つめている。

声をかけてあげたいけど、まずは二人を外に連れ出さなくてはならない。

戸のカギは内側から捻じこむタイプのものだった。回しながらカギをはずし、戸を開け放つ。

一度外に出て深呼吸すると、また息を止めて室内へと戻った。まずは晴文君の体を抱きかかえ、外へと移動させる。

彼の頬には涙の跡があった。

「もう大丈夫だよ。頭痛くない？」

「ちょっと痛い。……それより、眠い」

受け答えできるということは、大丈夫ということだ。眠いのはきっと、お母さんに睡眠薬を呑まされたからだろう。

「お母さんは？」

「今助けるよ。お母さんも大丈夫だからね」

三度息を吸いこんで、小屋の中へと戻っていく。大人の女性は、私の力では抱えられない。お母さんの脇に腕を入れて、ずるずると引きずるしかない。途中息が苦しくなって、少し呼吸してしまった。

やっと外へとお母さんを運び出すと、大きく息を吸いこんだ。お母さんの肩を叩いて、息をしているか確認する。

「大丈夫ですか?」

お母さんは激しく咳きこんだ。咳の合間に、小さく呟く声が聞こえた。

「ごめんなさい」

涙が目じりから溢れて、耳の方へと流れていく。

「すぐに助けを呼びますからね」

声をかけると、かすかにうなずくようにあごが動いた。

ああ、大丈夫だ。こちらの声に答えられるということは、意識はあるということだ。

「はる君、電話借りるね」

彼は眠いのをこらえるようにしながら、うなずいてくれた。

玄関にはカギがかかっていなくて、中に入るとそこに電話があるのを見つけられた。

119番通報をして状況を説明すると、越秋島には救急患者を受け入れる医療施設がないため、船を向かわせるという。

「お願いします」と電話を切ると、私は晴文君のもとへと向かった。

「この島には救急車がないから、船がお母さんを迎えに来てくれるんだって。お母さん、家の中に連れて行くね」

お母さんの様子を窺うと、眠りに落ちたようだった。睡眠薬が効いているだけだと信じて、再び脇の下に腕を入れて、家の中まで引きずっていく。

靴を脱がせてどうにか居間へと運びこむと、目についた座布団を頭の下に敷いて、お母さんを横にした。

晴文君は目をこすりながらも自分の足で歩いて、私についてきていた。心配そうにお母さんの様子を窺っている。

「じゃあはる君、行くよ」

「い、行くって何？」

「あなたは、ここにいてはいけない。悪い人から逃げないと。この意味、わかるよね？」

一瞬彼の目が、昼間見た時のように鋭くなった。だけどすぐに、迷うように視線が床をさまよう。

「わかったの、私」

「何が？」

「あなたがどうして、あの場所に石を重ねるのか」

晴文君は、あの石の塔が崩れるとわかっていて、あの場所に建てている。

「あの石が倒れないうちは、悪いことは起きないんだよね？　でもあの場所だと、潮が満ちてきたら波に呑まれて石は倒れてしまう。だから……」

石が崩れる瞬間が脳裏に浮かぶ。彼が受けた仕打ちを思うと、体のどこかが引き裂かれるような思いがする。

「石が倒れたんだから仕方ないって、思おうとしてたんじゃない？　石が倒れたから、悪いことが起きても仕方ないんだって」

悪いことが起きるのは、石が倒れたから。自分や母親が悪いわけではない。彼はそう思うことで、自分を守ろうとしていたのではないだろうか。

「石のせいじゃないなら、ぼくのせいでしょ」

「そうじゃない」

「ぼくがいい子にできないから、こういうことになるんだって……」

「あのね」

彼の肩を両手でつかみ、私は彼の目を覗きこんだ。

「あなたに悪いことが起きるのは、それをする悪い人がいるからじゃない？」

「ぼくがいい子じゃないから」

「ちがうよ。どんな理由があっても、子供にこういうことをするのは、悪い人だよ」

言いながら私は、彼の袖を引き上げた。想像していたはずなのに、実際に目にすると息を呑まずにいられなかった。

彼の腕の服に隠れた部分には、痛々しい青黒いあざが広がっていた。

「ぼくが弱いから、ぼくがお母さんを守らなきゃいけないのに……。ぼくがいい子にしていられれば、こんなことにならないのに」

自分を呪うように言葉を紡ぎ続ける晴文君を、抱きしめた。

「あなたは何も悪くない。あなたはまだ子供なんだから、守られて当たり前なんだよ。いい子にしてなきゃ暴力を振るわれるなんて、そういうことをする人のほうがおかしいの。あなたはもう、戦わなくていい」

彼の頭が載っている肩の辺りに、熱いものが染みこむ感触がした。

体を離してみると、彼の頬に大粒の涙が流れていくところだった。

「もう、我慢しなくていい？」

「いいよ。私が安全な場所まで連れていく」

「安全な場所ってどこ？」

「お父さんのおうち」

彼は涙を流しながら、首を振った。

「お父さんには恋人がいるって。もう、ぼく達のことなんていらないって」

「誰が言ったの？　それ」

「伯父さん」

「ねえ、あなたにケガをさせたのは、貴司伯父さんだよね？」

未来の私達が集めてくれた資料を読みこんで、薄々思っていたことだったけど、ここへ来て、晴文君と貴司さんの様子を見てそれは確信に変わった。

晴文君に暴力を振るっていたのは、貴司さんだ。

晴文君は私の言葉を肯定も否定もせず、困ったように目を泳がせていた。

「もう一度言うよ。子供に暴力を振るうのは、悪い人のすること。悪い人の言うことを、あなたは信じるの？」

晴文君がポケットに右手を入れる。その中で手を握ったのか、ポケットが膨らむのがわかった。

彼がポケットの中で何を握りしめているのか、私にはわかった。

「あなたが決めることで、あなたの未来はできていく」

私の言葉に、弾かれたように晴文君が顔を上げた。

「今が、勇気を使う時だと思わない？」

彼がポケットから右手を引き抜く。ゆっくりと開かれた手の平の上には、緑色のガラスの小瓶が載っていた。

「お姉さんは、誰なの？」

少し迷って、私は言った。

「あなたの大事な人になりたいって思ってる者よ」

晴文君は、ギュッと小瓶を握りしめた。自分の中の恐怖と戦うように目を瞑り、開ける。

その瞳の中に、力がみなぎっているのがわかった。

「お父さんのところに行く」

決意に満ちた声が、そう告げた。

「でも、どうやって、島を出るの？　定期船待ってたら、伯父さん帰って来ちゃう」

「そのことなんだけど。はる君、伯父さんの船のカギがある場所知ってる？」

晴文君はすぐにその言葉の意味がわかったようで、『まさか』と言いたげに私を見つめた。

「お姉さん、船の操縦できるの？」

「できるよ。ほら、ちゃんと免許証持ってる」

苦労して手に入れた一級小型船舶操縦士の免許証を、彼の目の前にかざしてみせる。令和の文字は見えないように気をつけながら。

顔写真入りの免許証をじっと見つめて、「でも」と彼は上目遣いに私を見た。

「伯父さんの船を勝手に運転したら、怒られるよ」

「怒られると思う。伯父さんだけじゃなくて、色んな人に怒られると思う」

カギを盗んで勝手に船を操縦したら、窃盗になると思う。

だけど私は、この年代には存在しない人間だ。19歳の雛子を捕まえたところで、きっとこの世界で裁くことはできない。

「とにかく今は逃げるの。伯父さんから逃げて、お父さんのところまで行ければ、あなたの安全は保障される」

「でも、お母さん一人で置いていけない」

横になるお母さんの姿を見て、晴文君はまた泣きそうな顔になる。

お母さんのそばにかがみこんで、様子を確認する。呼吸は安定していて、眠っているだけに見える。

「すぐに救急士さんが来てくれると思うけど」

それでも、一人にするのが不安という彼の気持ちもわかる。

「わかった。じゃあひさご屋に電話して、おかみさんに来てもらおう。でもその前に出かける用意をしよう。えっと、靴下履いて、帽子かぶって、あとハサミを貸してもらえる？」

晴文君は一度頬をつねって眠気を覚ますと、自分の用意を整えた。その間に電話の横にあった電話帳でひさご屋の番号を調べておいて、受け取ったハサミをバッグの中にしまう。

「お姉さん、これ」

電話が置かれた台には引き出しがあり、その中から晴文君はキーホルダーのついたカギを取り出した。

「伯父さんの、船のカギ」

手渡す瞬間彼の手が震えるのが見えた。このことを貴司さんに知られたら、どんな恐ろしい思いをするのかと怯えているのかもしれない。

それでも彼は、私を信じてこのカギを渡してくれたのだ。

「ありがとう。必ずお父さんのところに連れていくからね」

ギュッとカギを握り締めてポケットにしまうと、ひさご屋に電話するために受話器を手にした。


ひさご屋のおかみさんに、すぐに貴司さんの家へ行って欲しいとだけ伝えて、私は電話を切った。

「じゃあ、行くよ」

晴文君の手を握って、玄関にあった懐中電灯を手にして家を飛び出す。おかみさんと鉢合わせは避けたかったから、小走りで港へ降りる坂へと向かう。

足元に気をつけながら坂を下り切り、港へと出る。

星明かりだけの闇の中で、潮の匂いが濃さを増している気がした。船の係留された場所まで行くと、波に揺られて大きな船体が上下に動いていた。

懐中電灯で照らしながら船の名前を一つ一つ確認していると、晴文君がすたすたと歩いていき、この船と指さす。

「暗いのに、名前読めるの？」

「名前見なくたって、船の形でわかるよ。いつも見てるんだから」

懐中電灯で照らしてみると、確かに皐月丸と書かれてある。

「お姉さんエンジンかけてて。ぼくロープはずして飛び乗るから」

「大丈夫？　できる？」

「できるよ。時々伯父さんの手伝いで、船にも乗ってたから」

「ありがとう。心強い」

慎重に船へと乗りこむと、まずは教習所で習ったとおりに一連の点検を素早くすませる。風の強さや潮の流れは、事前に下調べをしてきた。

船の中にあったライフジャケットを身に着けて、子供用のライフジャケットを晴文君にも渡しておく。

操縦席に海図があるのを確認して、カギを差しこむとエンジンを始動させた。エンジンがうなり声を上げて動き出し、床から振動が伝わって来る。

「はる君、ロープはずして」

「了解」

船に乗りこんで来た晴文君が、私の横に立ったのを確認して、船のライトをつけた。ハンドルを右に回して、エンジンを前進へ。風の向きを確認しながら、慎重にハンドルを操作する。

無事に岸から離れてハンドルを中立に戻すと、思わず息が漏れた。どうにか、島を出ることには成功した。

「お姉さんすごい、ほんとに船の運転できるんだね」

「でも、学校で勉強しただけだからね。先生なしで海に出るのは、これが初めて。夜の海も初めて」

横目で確認すると、晴文君の笑顔が引きつるのがわかった。

エンジン音は心地よく響いていた。順調に動いている時のミシンの音と同じ、私を安心させる音。床に伝わるその振動を足で感じながら、ハンドルを握り直す。

海は黒々としていて、ライトに照らし出された波頭が銀色に光を返す。空に星が出ているのが救いだった。星がなければ一面の闇の世界を切り裂いて進むような心地になっただろう。

一面の闇を想像して、胸の底がシクリと痛んだ。晴文君がこれまでいた世界が、そんな感じだったのではないだろうか。

この船が、彼の闇も切り開いてくれますように。

祈りながらハンドルを握る。

エンジン音と、船体に打ちつける波音と。聞こえるのはそれだけの、静かな夜だった。

ふいに、闇の向こうに光が見えた。エンジン音が近づいて来て、船なのだとわかる。教習で教わったとおり、右にハンドルを切って避ける。ただすれ違うだけなのに、びくびくしてしまう。

「あの船、きっとお母さんを助けに行くんだよ」

「あ、そうだね。そうかもしれない」

船の操縦でいっぱいいっぱいで、晴文君に指摘されるまで気がつけなかった。

時間的に、航路の半分ほどまで来ただろうかという時だった。

悪魔が見えない針を突き刺したように、頭に痛みが走った。

（やっぱり、来た）

覚悟していたことだったから、ハンドルを握る手に力をこめて、来るべき苦痛に備える。

やがて息苦しさに襲われた。

向こうの晴文君は気づいてくれるだろうか。小さな雛子の言うとおりに、誰かに頼んで本土まで渡ってくれるだろうか。

ここはもう、賭けでしかなかった。彼が気づけなかったら、島から出ることができなかったら、全てがだめになってしまう。

ハンドルにもたれかかるようにして呼吸していると、晴文君に気づかれてしまった。

「お姉さん、また苦しいの？」

「うん。でも、大丈夫だから」

船のスピードを緩めて、少しでも離れる距離を小さくしようとする。

息苦しさに一瞬気持ちで負けて、戻ったらという甘い囁きが頭の片隅にちらつく。片手で太ももをつねって、暗い海を睨みつけた。

進むことを止めたら、今までしてきたこと全てが無駄になってしまう。今は、向こうの晴文君を信じるしかなかった。彼なら小さな私を守ってくれるはず。

酸素が足りなくて、頭の中が霞《かす》んできた。立っているのも辛くて、壁に寄りかかりながらそれでもハンドルは握り続ける。

ふっと、背中に温かなものが触れた。見ると晴文君が手を伸ばして、私の背中をさすってくれている。

小さな子供の手なのに、温かさや心強さは大人の晴文君と変わりなかった。そこにいるだけで、私を支えてくれている。

救おうとしている人に、私のほうが救われている。

「ありがとう」と笑うと、彼も笑い返してくれる。この笑顔だけは、絶対に守り抜きたい。

高い波が向かって来て、避ける暇がなく乗り上げてしまう。船が大きく揺れ壁に体を打ちつけてしまった。晴文君が慌てて手すりに摑まるのが見えた。

「ごめん。大丈夫だった？」

「平気だよ、これくらい」

進んでも進んでも、暗い海が広がるばかりだった。酸素が足りないせいで方向を間違えているのじゃないかと、何度も確かめてみる。

「あ、ほら、向こうの明かりが見えて来たよ」

晴文君の声に目をこらすと、星くらいに小さな光が見えた。真っ暗闇の中に、やっと現れた光だった。

間違えていなかったとほっとするのと同時に、息がすっと肺まで入っていくのがわかった。深呼吸を何度かすると、頭の中の霞《かすみ》がたちまち晴れていく。

向こうの雛子が追いついてきてくれたのだ。息ができるほど近くに来てくれたのなら、もう大丈夫だ。

回り始めた頭で、次にするべきことを考える。

「向こうの港って、どの辺に着岸すればいいかわかる?」

「うん、行ってみればわかると思う」

進むほどに光は大きくなってきて、陸の形がわかるようになってくる。

「もっと右の方、えっとね、あの明るい辺りまで行って」

港が見えてくると、晴文君が細かく案内してくれる。

「その辺に着けられる？」

「わかった、しっかりつかまっててね」

着岸はやっぱり緊張する。角度に気をつけながら、速度を落として岸まで近づいたところでエンジンを中立にして、ハンドルを右に切っていく。そのまま船が進む力を使って岸へと近づいていく。

勢いがつき過ぎていると気づいた時には、岸はもうそこだった。

「つかまって！」

叫びながら自分もハンドルにしがみつく。ゴンという鈍い音がして、船全体が揺れた。衝撃で床に倒れこんでから、慌てて晴文君の様子を窺う。

「無事？　ケガしてない」

彼も床に膝をついていたけど、顔を上げて親指を突き出してくれた。

「無事。お姉さんの運転ワイルドだね」

「ごめん。着岸は苦手で」

「ロープ繋いでくるよ」

「降りられる？　海に落ちないでね」

「お姉さんよりぼくのほうが、多分身軽だと思うよ」

ペロッと舌を出して、彼は操縦席から出ていく。

エンジンを切って操縦席から乗り出して見てみると、彼は軽々と岸へ飛び移り、手際よくロープをボラードに繋いでいった。確かに、私よりずっと身軽だ。

カギはつけたままにして、私もバッグを手に船を降りる。岸へ飛び移った瞬間体が傾いてヒヤッとしたけど、晴文君が手を摑んで支えてくれた。

「あ、ありがとう」

こんなに小さな体なのに、頼もしさは大人の晴文君と変わらない。

「すごいね。本当に本土へ渡れちゃった」

街灯に照らされながら、足元を確かめるようにコンクリートの上で飛びはねて、晴文君はうれしそうに笑った。

船に乗った後から彼の雰囲気が明るくなってきたように思っていたのだけど、気のせいじゃなかったみたいだ。

伯父さんの支配下から逃れられたという、解放感なのだろうか。

「それで、ここからどうするの？　まだ真っ暗だけど」

まだ深夜と呼べる時間帯だった。始発の電車に乗る予定でいたけど、朝が来るまでまだ時間があるし、晴文君も休ませてあげたい。

「駅が開くまで、公園で休もうか?」

近くに広めの公園があることは、事前に調べてあった。懐中電灯を照らしながら暗い中を進み、公園へと辿り着く。奥の方にあるあずまやに落ち着くと、晴文君が大きくあくびした。

「安心したら、眠くなってきた」

「いいよ、寝てて。明るくなったら起こすから」

まだ薬の効果が残っていたのだろう。ベンチに横になったと思うと、晴文君はすぐに寝息を立て始めた。大人の晴文君だったら膝枕してあげていたところだけど、小さな彼には頭を撫でるくらいしかできない。

ベンチに腰かけていると、疲れが一度に肩にのしかかってくるようだった。

私も彼と一緒に眠りたかったけど、今はできなかった。

入れ替わりの時、向こうの雛子が眠ってしまっても大したことは起こらない。入れ替わってからの記憶がリセットされるだけだ。

だけど力を使った側、つまり今の私が入れ替わり先で眠ってしまったら――。強制的に入れ替わりが終了してしまう。ここで眠ったら、元の世界に戻ってしまうのだ。暗闇と疲れのせいで、気を抜くとまぶたが落ちて来そうになる。こんな時は、縫い物のことを考えるに限る。

北欧風の柄のオックス地を手に入れていたから、あれでトートバッグを作ろう。柄入りの生地だからポケット部分と持ち手は無地にして。裏地に使えそうなシーチングは余ってたかな。あと、接着芯を買っておかないと。

バッグを縫う手順を考えているだけで、脳内物質が出てくるのか目が冴えて来た。おかげで朝陽が差して来るまで、無事眠らずにすんだ。

（3）今日のルール

晴文君を起こして水道で顔を洗うと、私はトイレへ入った。用事をすませて外に出ると、私を見た晴文君の目が、まん丸になっている。

「お姉さん、髪どうしたの？」

「うん、バッサリいっちゃった」

彼から借りていたハサミで、耳の下辺りで髪を切ってしまったのだ。切った髪はビニール袋に入れて、ゴミ箱に捨てて来た。

「どうして？　きれいな髪だったのに」

「ちょっと、暑かったから」

そう言ってごまかしたけど、本当は周囲の目を欺くためだ。

貴司さんがどれほど晴文君に執着しているかまだわからないけど、家からいなくなったとわかったら、警察に連絡すると思う。私が島からいなくなっていることも、すぐにわかることだ。

状況的に警察にはきっと、私が彼を誘拐したと思われているだろう。

だからせめて、髪形だけでも変えておこうと思ったのだ。長い髪は切ってしまえば、手っ取り早く印象を変えられる。

それからこれも、とバッグから眼鏡を取り出す。度の入っていないファッション用のもので、入れ替わりの時にこれも身に着けておいたのだ。

眼鏡をかけて晴文君の方を向くと「別人みたい」と驚いている。上出来だ。

「さ、君も帽子かぶって。いい？　なるべく目立たないように、移動するからね」

「わかった」

手を繋いで歩き出すと、何だか姉弟のような気持ちになった。

「そうだ。お姉さん」

「何？」

「今日のルールを決めて欲しいんだけど」

「今日のルールって何？」

晴文君は一瞬だけ目を泳がせて、それでも教えてくれた。

「貴司伯父さんは、いつも今日のルールを決めて、ぼくに守るように言うんだ」

「……例えば、どんな？」

「昨日は……靴を左右反対に履くことだった」

ああ、これなのか、と思った。

大人になった晴文君が、今も縛られているもの。

貴司さんが亡くなっても、彼は未だに小さなルールを作っては自分自身に課している。

そうすることが、身体に沁みついてしまっているのだ。

「ルールを守れなかったら、どうなるの？」

「……罰がある。いい子じゃなかったから」

それを続けることで貴司さんは、晴文君に呪いをかけていったのだ。

島を出られたといっても、その呪いは容易には解けない。何せ貴司さんは死んだ後も、晴文君を縛り続けていたのだから。

「じゃあ、今日のルールを言うね。私をお姉ちゃんと呼ぶこと。後はね、人に名前を聞かれたら堀内武《たけし》と答えること」

「堀内武って誰？」

「私のお父さん」

晴文君は少し笑ってから「間違ったらどうなるの？」と訊ねてくる。

「間違っても罰はないよ。これからもずっと、ないよ」

一度刷りこまれてしまったものを、完全になかったことにはできないだろう。新雪を泥で汚してしまったみたいに。少しずつ少しずつ、真っ白な雪を増やしていってあげるしかない。

駅まで歩き、少し待ってから無事に始発の電車に乗ることができた。電車で移動しても息苦しさが出て来ないということは、晴文君達も同じ電車に乗れたということだ。

小さなころ、寝る時いつも抱きしめていたウサギのぬいぐるみのミミ。ミミは服と同じように身に着けているものと判断されるようで、入れ替わりの時も一緒に移動できていた。

あの中に入れておいた紙に、今日の分の日程を書いておいたのだけど、向こうの二人はそれに気づいて、ちゃんとそのとおりに行動してくれているのだ。

こちらも日程どおりに動いて、横手市にいる晴文君のお父さんの所へ彼を送り届けられれば、私の計画は終了となる。子供の雛子が横手に一人とり残されることになるけど、そういう時は交番に行くようにと未来の私達から言い聞かされていたから、そうしてくれると信じている。

この世界で、晴文君を託せるのは、彼のお父さん以外に考えられなかった。

未来の私達が集めてくれた資料を見る限り、お父さんの元へ行った晴文君は、安全な環境で穏やかに育っていけたようだった。

大人になった晴文君と話していてもわかる。彼のお父さんが穏やかな性格で、子供の安全と健康を第一に考える人だと。

晴文君のお母さんが無事に退院できたなら、また家族で暮らせる未来もあり得るのかもしれない。

無事に乗り換え駅へと着き、通勤通学の人達に混じって一ノ関行きの電車に乗ることができた。ここまでは順調だ。

混みあう電車の中で晴文君が迷子にならないように、しっかり手を握る。

一ノ関駅も通勤通学の時間帯で混みあっていた。でも、人ごみに紛れられるというのはいいことかもしれない。

待ち時間が少しあったから、カフェに入って朝食をすませてしまう。

時間通りに電車に乗ろうと、改札を潜った時だった。

駅の事務所の中で、駅員さん同士が晴文君を見ながら何かを言い合うのが見えた。

危険信号が頭の中で点滅する。やっぱり警察が彼のことを探しているのかもしれない。

電車を待ちながらも、いつ駅員さんに声をかけられるかと気が気ではない。思わず手にギュッと力がこもり、手を繫いでいた晴文君が首を上向けて私を見る。

『何でもないよ』と表情で伝えた時だった。

「ぼく、ちょっといいかな?」

駅員さんが、晴文君の前にしゃがみこんだ。

来た、と思いながらも、何の用だろう？　と表情を作って、晴文君と顔を見合わせる。

「ぼくのお名前を教えてくれるかな？」

危機感のない状態で伝えた名前を、彼は覚えているだろうか。手の震えをどうにかこらえて、『大丈夫』と彼にうなずいてみせる。

「堀川《ほりかわ》、武です」

堀内を間違えたけど、問題はなかった。彼は不安そうに私の顔を見るけど、『それでいいよ』と笑ってみせる。

「この人は、君のお姉さんかな？」

「そうだよ、お姉ちゃん」

仲の良さを強調するように、繋いだ手を振ってみる。

「そうか、ごめんね時間取らせちゃって」

駅員さんは軽く会釈すると、私達から離れていった。ほっと息をついたところに電車がやって来て、逃げるように乗りこむ。

電車は進むほどに混雑していったけど、大勢の人に囲まれていたほうが落ち着く気がした。

この調子では次の駅でも、駅員さんに声をかけられるかもしれない。

何か対応策を考えておかないと。

頭の中でシミュレーションを繰り返しているうちに時間は過ぎ、北上駅に到着するところだった。

「降りるよ、はる君。はぐれないように、しっかり手を繋いでてね」

制服を着た学生達に流されるようにして、改札へ辿り着く。

改札を抜けた瞬間、そこにいた駅員さんと目があったような気がした。駅員さんは紙を手にしていて、視線が紙の上から晴文君へと二度ほど往復する。

来る、と思った。きっとさっきの駅では、写真までは届いていなかったのだ。でもここには、それが届いている。

「笹原晴文君」

よく通る声で、駅員さんが呼びかけて来た。晴文君はビクンと体を硬直させて、誰が見てもわかるほどに反応してしまった。

「笹原晴文君だよね？」

駅員さんが近づいて来る。私は彼の手を強く握ると「走って！」と叫んだ。

幸いここの駅は、改札から出口までが近い。そして通学客が多いのも私達に味方した。他のお客さんに阻まれて駅員さんが進めないでいるうちに、私は晴文君の手を握って人の波を縫って走った。

勢い余ってぶつかってしまった人もいたけど、「ごめんなさい」と謝りながらも立ち止まらなかった。

駅を出たところに、タクシーが停まっているのが見えた。

「待ちなさい」という駅員さんの声が背中に届いたけれど、晴文君をタクシーの中に押しこみ、私も乗りこむ。

「出してください！」

息せききって言うと、運転手さんはミラー越しにこちらの様子を気にしながらも、車を発進させてくれた。

タクシーが乗り場を離れた瞬間、駅員さんが外に出てくるのが見えた。だけど運転手さんは気づかないようで、そのまま道路へ出て走り出していく。助かったと、息が漏れた。

「お急ぎですか?」

「ああ、いえ、大丈夫です。あの、近くに百貨店ありましたよね? そこまでお願いします」

次の電車までは、一時間くらいの待ち時間がある。その間に、できることをしておかなければならなかった。

5分も走らないうちにタクシーは百貨店の前に到着した。タクシーを降りて中へ入ると、真っ直ぐに子供服の売り場へと向かった。

「あのねはる君、お願いがあるの」

「何?」

「これ、着てくれない?」

私が指さしたのは、ジーンズ素材のスカートだった。

「やだよ、スカートなんて」

「そうだよね。ごめん。でもね、駅員さんに見つかっちゃったでしょう。きっとね、警察もあなたのことを探してると思うの。今ごろ駅から警察に連絡が行っていると思う。秋田に向かうにはもう一本電車に乗らなきゃいけないから、どうにか見た目だけでも変えて欲しいの」

晴文君は頬を膨らませながらしばらく悩んでいたけど、「これ」と別の服を指さした。

「これなら、着てもいいよ」

それは黄色のズボンで、裾にフリルがついたものだった。女の子ものだとはっきりわかるデザインだ。

「いいの？　ほんとに？」

「だって、お姉ちゃんだって、髪切ったでしょ？」

一瞬虚をつかれた私に、晴文君は続けた。

「警察とかにわからないように、髪切ったんでしょう？　ぼくのために、切ったんでしょう？」

ごまかせていなかったんだと、私は苦笑する。

「ぼくのためにお姉ちゃんがそこまでしてくれたんだから、これくらいぼくもやらないと」

「うん、ありがとう」

晴文君と相談しながら、黄色のズボンに合いそうな水色のフラワープリントの長袖T

シャツと、麦わら帽子も買うことにする。試着室で着替えさせて、着ていた服はお店で処分してもらうことにした。

着替えて出て来た晴文君は、帽子をかぶっていなくても十分女の子に見えた。くりっとした目と華奢《きゃしゃ》な体つきのおかげだろう。

似合うと褒めたらきっと怒るだろうなと思ったから、親指を突き出して『いいね』のサインを送る。晴文君は嫌そうな顔で、手にしていた麦わら帽子を深くかぶった。

駅員さんに目撃されてしまったので、私の着替えも必要だった。

今着ているワンピースとは対照的な、コットンのワイドパンツと大きめのTシャツを買い、試着室で着替える。キャップとトートバッグも買い揃える。これならば、パッと見でごまかすことは可能に思えた。

「駅に戻るの？　さっきの駅員さんに見つからない？」

不安そうにしている晴文君の手を引いて、百貨店の出口へ向かう。

「うん、駅には行くよ。次の電車には乗らなきゃいけないから」

今のところ、頭痛は出ていない。それは向こうの雛子達がスケジュールどおりに進んでいることを示していた。きっと二人は今ごろ駅の近くで次の電車を待っているはずだ。

だからこちらも、スケジュールどおりに進まなければ。

「とりあえず、タクシーに乗るね」

北上駅には駅員さんの他にも、警察が待ちかまえている気がした。大きな駅は、もう使えない。

タクシーに乗りこむと、北上駅から一つ先にある駅の名前を口にした。不測の事態に備えて、この辺の地図と駅も頭に入れておいたのだ。その駅は北上駅から5キロ圏内にあって、ありがたいことに駅員さんのいない無人駅だった。

タクシーを降りると小さな駅舎があった。改札もなくそのままホームに出られてしまう。

「ここ、駅員さんいないの？」

「うん、無人駅って言うの」

通学客もいなくなった時間帯で、駅舎に他の人の姿はなかった。時間になりホームに出て待っていると、電車がやってくる。ワンマン運転の電車で、ありがたいことに車掌さんは乗っていなかった。

運転士さんに顔を見られないように乗りこみ、座席に落ち着く。ひとまず、危機的状況は回避できたようだった。

「後は横手まで、乗り換えなしで行けるからね」

「向こうに着いたら、お父さんに電話する？」

「うん、でもお父さんお仕事だよね？」

「ぼく、お父さんの携帯番号知ってるから大丈夫。お父さん、きっと迎えに来てくれるよ」

ゴール地点がそこまで見えて来て、彼も安心したようだった。靴を脱いで座席に膝立ちになると、窓に貼りついて流れる景色を見つめている。

「眠くない？　寝ていっていいよ」

「大丈夫。ねえお姉ちゃん。お母さん大丈夫かな？」

「きっと大丈夫だよ」

希望的観測を口にするしかなかった。お母さんがまた植物状態になってしまったら、私がここへ来た意味がなくなってしまう。

「お母さんね、お父さんと別れる前から、何だかおかしかった。越秋島にいたおじいちゃんが亡くなった後くらい」

窓の外を眺めたまま、晴文君はポツンと言った。

「そのころ、朝になるといつも貴司伯父さんから電話が来てたんだ。お父さんが仕事に出かけて、ぼくを保育園に連れてくまでの間の時間に」

ガラスに晴文君の顔が映っている。外は今日も強い日差しが降り注ぎ、線路わきに茂った夏草は生命力を溢れさせているのに、ガラスに映る彼の顔は雪景色を思わせる冷え冷えとしたものだった。

「電話を切ったらお母さんちょっと変なことするんだ。エプロンを裏返しにつけ直したり、用意していたぼくのリュックの中から連絡帳を抜いたり。そのころぼくは保育園で忘れ物の常習犯になってて、お母さんはちゃんと確認しない人って、先生達に思われてた。ぼくの知ってるお母さんは忘れ物にはすごく気をつけていて、保育園の荷物もちゃんと確認して揃えてたんだけどね」

何が起きていたのか、想像がつく。ガラスに映った晴文君と目が合って、『わかるよね』と言われた気がした。

「お母さん、貴司伯父さんに言われたとおりにしてたんだ。お母さんのお父さんってすごく厳しい人で、お母さんもおばあちゃんも逆らえなかったんだって。お母さんが島を出るのもすごく大変だったって、聞いたことがある。貴司伯父さんはね――おじいちゃんになったんだよ」

晴文君が言いたいことが、わかるような気がした。

お母さんを支配していた相手が、おじいちゃんから貴司さんに代わったということだ。お母さんが遠くへ行ってしまったからおじいちゃんは何もできなかったけど、貴司さんは電話を使ってお母さんを言いなりにしていった。父親への恐怖心が刷りこまれていたから、お母さんは逆らうことができなかったのだろう。

「伯父さんの言いつけは、段々ぼくのことになっていった。汚れたままの服を着せたり、ぼくの嫌いな物ばかりお弁当に入れたり。お母さんが何でも伯父さんの言うとおりにしてしまうようになったころ、伯父さんに言われたんだよ。離婚して島に帰るように。ぼくを連れてね」

淡々と語っていた晴文君の目から、すうっと涙がこぼれ落ちた。

「伯父さん一人になって寂しかったんだろうな。でも伯父さんにとって家族って、言うこと聞く人と言うこと聞かせる人の集まりなんだよ。島で一緒に暮らし始めてから、伯父さんはぼくにだけ今日のルールを言うようになった。ぼくがルールを守れないと、お母さんもぶたれちゃう。だから……」

晴文君の頬を立て続けに涙が滑り落ちていった。その頭を、そのまま腕の中に抱えこむ。

声を殺しながら、彼は泣き続けた。服に染みこんで来る涙の熱さを感じながら、私は彼の頭を撫で続けた。

こんな小さな体で彼は、島での暮らしを耐え続けて来たのだ。

「偉かったね。一人でお母さん守ってたんだ」

私の服に顔を押しつけたまま、くぐもった声で彼は言った。

「全然守れなかった。だからお母さん、あんなことしちゃったんだ」

あんなことが心中事件を指しているのだとわかった。

「お母さんはぼくを島に連れて行かなきゃよかったって言ってた。一人で逃げてお父さんの所に帰りなさいって、これくれたこともあったんだよ。できなかったけど」

彼がポケットから取り出したのは、水色の布で作られたお守り袋だった。

腕でゴシゴシと乱暴に顔をこすって、彼は頭を上げた。

「この中に、お父さんの携帯番号が入ってるんだって」

「じゃあ、横手まで行ければもう安心だね」

泣き止んだ晴文君に、一ノ関駅で買っておいたチョコ菓子を手渡すと、パッと彼の顔が輝いた。

「こういうお菓子食べるの久しぶり。島にはあんまり売ってないし、伯父さんにだめって言われてたから」

ツンと胸が痛むのを感じながら、私も横からお菓子をつまむ。

その後はなるべく伯父さんのことにも島のことにも触れず、晴文君の好きな物の話をした。

お母さんと一緒に、ミッケの絵本をたくさん読んだこと。横手にいたころ、レゴブロックで自分の理想の家を作っていたこと。建設途中だったから、ちゃんと残っているか心配なこと。

お菓子を食べながらおしゃべりしていると、自分達が警察に探されている存在だということも忘れて、ただの楽しい旅行の最中のような気がしてくる。

でも本当に、横手に着いてお父さんに晴文君を託したなら、私の役目も終了だった。

この幼い晴文君と別れるのは寂しいけど、向こうに帰れば大人の晴文君が私を待っていてくれる。

横手駅に着くと晴文君に麦わら帽子をかぶせ、私自身もキャップを深くかぶり電車を降りた。

改札を無事に通過すると、後は人の波に紛れるように気をつけながら出口へと向かう。駅員さんにも警察にも声をかけられることなく出口へと辿り着いて、晴文君と顔を見合わせて笑ってしまった。

駅を出たところで公衆電話を見つけ、晴文君に電話をかけるよう促す。紐をほどいてお守り袋を開けた彼は、電話番号が書かれた紙を取り出し、首を傾げた。

「何だろ？　これ」

彼が指先でつまんだのは、黒い小さなカードだった。

「まあいいや。電話かけて来る」

私の手にカードを残して、彼は電話ボックスに入っていく。

小さなカードを眺めていて、ＳＤという文字が読めた。それでマイクロＳＤカードだと気がついた。

そうだ。うちのお母さんがガラケーからスマホに替えた時、ガラケーに入っている写真や動画のデータを保存するのにこのカードを使っていた。

どうしてこんなものが、お守りに入っているのだろう。

お母さんが晴文君に持たせたお守り袋に、何かのデータの入ったSDカードが入っていた。

（もしかしたら――）

考えが確信に変わった時「お姉ちゃん！」と晴文君の声がした。

電話ボックスのドアを開けて飛び出して来た彼は、足をもつれさせながら私の元に駆け寄って来る。

「どうしたの？　慌てて」

「電話かけたら、お父さんすごくびっくりしてた。ぼくが誘拐されたって、警察に言われてたんだって。ぼく最初に横手駅にいるって言っちゃったんだ。お父さんお巡りさんに連絡するって言ってた。逃げないと！」

一瞬、ここまで来たら警察に捕まっても問題ないかなと思ってしまった。でも警察に連行されてしまったら、子供の雛子と入れ替わるタイミングがなくなってしまう。

それに、お母さんが入院している状態なら、警察が伯父さんを保護者と認めて、晴文君を引き渡してしまうかもしれなかった。

この年代ではスマホはまだ珍しいから、不審に思われないように持ってこなかった。だから事前に調べておいたことは、紙に書いたもの以外は私の頭に入っている。横手市のおおまかな地図と、晴文君の実家がある場所とを、記憶の中から引っ張り出す。幸い彼の実家は駅からぎりぎり5キロ圏内にある。

車なら、10分ほどの距離だろうか。子供と一緒に歩いたら一時間半かそれ以上か。

「よし、家まで歩こう」

変装していても近くで見られたら、男の子だと気づかれるかもしれない。警察からどこまで連絡が回っているかわからないから、タクシーもバスも避けた方がよさそうだった。目立たないように、歩いて進むしかない。

大体の方向を確認すると、歩き出した。なるべく大きな道路は避けて、交番の前も避けて歩いて行く。

太陽は容赦なく照りつけて、アスファルトから熱気が立ち昇ってくる。昨夜は一睡もしていないから、私の体力も限界が近かった。足元がふらつきそうになるたびに、繋いだ晴文君の手の感触に我に返る。

彼の家に辿り着きさえすれば、全てが終わる。向こうの雛子達は、もう彼の実家に着いているだろうか。晴文君は、幼い私のことをお父さんやおばあちゃんに何て説明しているのだろう。

後のことを考えたら彼の家で入れ替わるのは得策ではないのだろうけど、他に方法はなさそうだ。

1時間ほど歩いただろうか。眠気と昨日からの疲れで、視界がぼやけた。暑さに当てられたのかもしれない。

視界がますます白くなり、このままだとアスファルトの上に倒れこみそうだった。道路の脇に小さな児童公園を見つけて「ちょっと休もうか」と晴文君に声をかける。

木陰にあるベンチに座り、ペットボトルの水を飲もうと思ったけど、空になっていた。それを見た晴文君が「ぼく買って来るよ」と立ち上がる。

「一人で平気？」

「うん、ちょっと戻ったところに自動販売機があったから行ってくる」

彼の言葉に甘えることにして、お財布を預ける。

離れたところからガタンと自動販売機特有の音が響いて、無事に買えたんだと思った時だった。

自動車のドアがバタンと乱暴に閉められる音。続いて悲鳴のような声が響いた。

「お姉ちゃん！　助けて」

大きな手で心臓を、ギュッと摑まれたような気がした。晴文君の声だった。

慌てて立ち上がると、視界がぐらついた。足を踏ん張って残り少ない気力を奮い立たせて、走り出す。

住宅街の中の通りで、歩く人の姿はなかった。そこに一台の車が停まっていた。シルバーの軽自動車で、ナンバーでレンタカーだとわかる。

助手席のドアが開いて、その傍らに立つ男性の姿が見えた。そしてドアの下から覗く、黄色いズボンと青色のスニーカー。その足が、もがくようにバタバタと動いている。

（晴文君！）

無我夢中で駆けて、相手が誰かも確かめずに体当たりした。不意打ちだったおかげで相手がよろめき、晴文君の体から手が離れる。その隙に彼の腕をつかんで車から引っ張り出した。

「何するんですか⁉　子供をさらおうとするなんて」

「はるをさらったのは、そちらでしょう？」

こんな状況だというのに、ゾッとするほど感情のこもらない声だった。

相手の顔を見て、もう一度背筋が凍りつく思いをした。貴司さんだった。

「どうして……ここが」

「はるが向かうとしたら、父親のところだと思ったのでね。高速を飛ばせば意外と早く来られるんですよ。警察から横手駅にいたという情報がもらえたので、警察がいないような場所を探してみました」

行動を読まれていたという悔しさを噛みしめながら、晴文君の前に立ちふさがるようにする。

「私はその子の伯父です。親権を持つ母親が入院中なので、同居家族である私がその子の保護者になります。晴文を返してもらえませんか？　誘拐犯さん」

「あなたに晴文君は渡しません。絶対に」

腕を伸ばして晴文君をかばいながら、貴司さんから距離を取っていく。走ったところで、車が相手では逃げ切れない。

晴文君が手を伸ばして私の腕にしがみつく。その手がガクガクと震えていた。

「大丈夫、はる君。約束したでしょ。必ずお父さんのところに連れて行くって」

彼にだけ聞こえるように囁いて、頭を上げる。彼を守れるのは、私しかいない。

「漁船を勝手に操船して、乗り捨てて行ったのもあなたでしょう。晴文を渡さないのなら、警察を呼びますよ」

「警察を呼ばれたら困るのは、あなたの方じゃないんですか?」

一瞬たじろいだ表情を見せたけど、すぐに貴司さんは笑顔を浮かべて、晴文君に顔を向けた。薄い紙でできたお面を貼りつけたような笑顔だった。

「はる、帰ろう」

晴文君がビクンッと背中を反らせた。

「お母さん病院で目を覚ましたそうだ。晴文はどこって心配してるって。お母さんのところに帰ろう。大丈夫。もうこんなことがないように、気をつけるから」

お母さんのことを持ち出されて、晴文君の心が揺らぐのがわかった。お母さんを守るためにずっと耐えて来た彼に、お母さんが心配しているという言葉は何よりも効果があるのだろう。

「ほら、何をしてる。早くその人から離れて、こっちへおいで。伯父さんの言うことが、聞けないのか？」

今まで貴司さんがかけ続けてきた呪いが、黒い糸となって晴文君を締めつけていくような気がした。

「お姉ちゃん、ごめん」

彼の手が、離れていく。絡めとられた呪いの糸に引かれるように、晴文君が伯父さんのほうへ、一歩足を踏み出した。

「だめ！」

腕を引いて、晴文君を引き留める。その袖をたくし上げて、彼の腕をあらわにした。

腕につけられた打撲の跡は、少し薄くなっていたけど、まだ十分に存在を主張していた。

「あなたがやったんですよね？　これ」

「何のことでしょう」

「とぼけないでください。あなたは晴文君を虐待していましたよね？」

「かわいそうに、はる。その人に、ぶたれたのか？」

どこまでもしらを切ろうとする貴司さんに、言葉が通じない怪物と話している気分になってくる。

「病院で診てもらえばわかるはずです。このあざがいつごろつけられたものなのか」

貼りつけたような笑顔のままだった貴司さんの表情が、瞬時に歪んだ。

「あんた一体何なんだ!?」

突然沸騰したように怒鳴り声を上げた貴司さんに、晴文君が体を硬直させる。

この程度で臆してはならないと、私は貴司さんを見つめ返した。

「あんたは何の関係もないただの他人だろう。何でそこまで晴文にこだわる」

「晴文君は私にとって、かけがえのない人です」

「昨日会ったばかりで、晴文のことなんか何も知らないくせに」

晴文君のことなら、たくさん知っている。この人の知らない未来のことも知っている。

だけどここで、それを言うわけにはいかないのが歯がゆかった。

「もういい、埒《らち》が明かない。警察を呼ぶ」

貴司さんが携帯電話を取り出す。

「警察が来たら、これを渡しますけどいいんですか?」

小さな黒いカードを指先でつまむと、貴司さんに見えるように掲げて見せた。

「何だ、それは？」

「晴文君のお守り袋の中に入っていたものです。お母さんが彼に持たせていたんですよ」

貴司さんの表情が変わった。

「中に何が入ってる」

「あなたが二人にしていたことの、証拠となる動画です」

SDカードの中身はここでは確認できないから、推測でしかなかった。でもお母さんがわざわざお守り袋の中に忍ばせていたのなら、このカードには重要な意味があるはずだ。

「はる、今日のルールだ」

貴司さんに見つめられて、晴文君は体を硬直させた。

「その人からそのカードを取り上げて、こっちに持って来なさい」

晴文君が機械人形のようにぎこちなく頭を動かして、私のほうを振り返る。その腕が上がろうとして、下がる。

彼も戦っているのだ。自分の中に積み上げられた恐怖と。がんじがらめにされた呪いと。

「何をしてる、はる。いい子なら、できるよな」

晴文君が私と目を合わせる。その目に力がみなぎっていくのがわかった。島を出ると決めた時のように。

彼は貴司さんに向き直ると、ゆっくりと首を振った。

「はる？」

「い……やだ」

「聞こえないな」

小さな呟きを無視するように唇を歪めた貴司さんを、彼は正面からしっかりと見据えた。その背中が、大人のもののようにたくましく見えた。

「いやだ！」

魂の叫びのような晴文君の声が、通りに響き渡った。

言葉だけじゃなく彼の全身が、貴司さんを拒絶していた。

「伯父さんの言うことは、もう聞かない」

貴司さんの目が吊り上がり、眉間に深いしわが刻まれる。

「晴文——‼」

怪物の咆哮《ほうこう》のような恐ろしい声が響いた。

風圧に耐えるように頭を抱える晴文君を、後ろから抱きしめる。

「もういい」

吐き捨てるように言うと、貴司さんはつかつかと私達に近づいてきた。

「カードを寄こせ」

力ずくでこれを奪い取るつもりだ。カードを拳の中に握りこんで、どうやったらこの状況から逃げられるだろうかと考える。

貴司さんの手が伸びてきて、私の手首を掴んだ。漁業をしている貴司さんの力は圧倒的だった。手首を締めつけられて、痛みに力が抜けそうになる。

それでも私は拳を緩めなかった。

「晴文君、今のうちに逃げて！」

彼だけでも逃げられれば、それでいい。

横にいた彼が動くのが見えた。

「お姉ちゃんを離せ！」

その声は、貴司さんの後ろから聞こえた。

晴文君は小さな体で、貴司さんの腰にしがみついていた。私から貴司さんを、引き離そうとしているのだ。

ふっと、手首を締めつける力がなくなった。

貴司さんは私ではなく、晴文君に狙いを定めた。晴文君の腕を容易に引きはがし、その体をアスファルトの上に転がすと、彼に向かって拳を振り上げる。

「やめて！」

「お前なんか、もう怖くない！」

私と晴文君の声が重なった時だった。

パァーン！　という音が響いた。

その一瞬、貴司さんの動きが止まった。音の正体を確かめるより先に、私は転がったままの晴文君を抱き起こす。

「お父さん！」

起き上がった晴文君が、声を上げた。

その視線を辿った先に、黒い自動車が停まっていた。それでさっきの音が、その車のクラクションだったのだと気がついた。

ドアが開いて運転手が降りて来る。直接会ったことはないけど、晴文君にスマホで写真を見せてもらったことがある。その時よりだいぶ若いけれど、わかった。

この人が、晴文君のお父さんだ。

「晴文！」

お父さんに呼ばれて、晴文君が真っ直ぐに駆けて行く。お父さんは晴文君をしっかりと抱きしめた。

「よかった。無事だったか？　電話もらってから、この辺ずっと探し回ってたんだ」

晴文君を抱きしめたままで、お父さんは貴司さんに顔を向けた。

「貴司さん、さっき、晴文を殴ろうとしていましたね？　どういうことか、説明してもらえますか？」

貴司さんはまだ拳を振り上げたままの姿で固まっていて、言われてようやく腕を下ろした。

「い、いや、俺は晴文を助けようとしただけです。ほら、そいつが晴文を誘拐した犯人ですよ。この人から晴文を助けようとして……」

「それでどうして、晴文を殴ろうとしたんですか？」

再び問われて、貴司さんは口ごもった。さっきまでの怪物のような恐ろしさは鳴りを潜めて、ひと回り小さくなったようにすら感じる。

「お父さん、見て」

晴文君は自分から袖をまくって、お父さんの前に腕を突き出した。

「伯父さんにやられたんだ」

お父さんの目が鋭くなり、信じられないという目で貴司さんを睨みつける。

「ぼくもお母さんも、伯父さんに何度もぶたれた」

「しつけのつもりだったんだ。晴文の教育のために」

貴司さんの視線がアスファルトの上を泳ぐ。貴司さんの言葉はまるで力がなくて、道路に落ちては散らばっていくようだった。

「しつけ、教育。ニュースで耳にする虐待者と同じことを言いますね」

語気を強めて、お父さんは言った。

「あなたも、ニュースになりたいんですか？」

「そんなつもりじゃ……そんなつもりじゃなくて」

「晴文はこのままうちで面倒を見ます。それでよろしいですね？」

力なくうなずきながら、貴司さんは後ずさっていく。

「あなたにはもう二度と晴文を会わせません。次に何かあったら、その時は警察沙汰となることを覚悟してください」

車のドアに手をかけた貴司さんに「それと」とお父さんは続けた。

「静子も退院できる状態になったら、こちらに引き取ります。落ち着いたら本人の意向を聞いて、これからのことを決めていきますから」

力強いお父さんの言葉に、返事もせずに貴司さんは車に乗りこんだ。脇道でUターンし、こちらも見ずに去っていく。

怪物のようだった人は、牙も鱗《うろこ》も持たない普通の人でしかなかった。

小さくなっていく車を見ながら、これで終わったんだと思うと、体から力が抜けた。入れ替わった状態でいる負担が、一度に押し寄せて来たようだ。

「お姉ちゃん！」

晴文君が駆け寄って来て、うずくまる私の顔を覗きこむ。

「お父さん、このお姉ちゃんがぼくを島から連れ出してくれたんだよ。お姉ちゃんのこと助けてあげて」

「警察には、誘拐だと思われてるよ？」

「ぼくが違うって言うから」

お父さんは困ったように眉を寄せながら、私の上にかがみこんだ。

「取りあえず、病院に行きますか？　落ち着いたら警察に事情を説明してもらいますが」

「はい。その前に……晴文君と二人で話してもいいですか？」

「……どうぞ」

お父さんは車へと戻ると、運転席に座りドアを閉めた。ハンドルにもたれかかりながら、視線はこちらから外さない。私のことを完全に信用しているわけではないと、その視線が語っている。

「晴文君、お父さんにごめんなさいって言っておいてくれる？」

晴文君はその言葉の意味を考えて、ハッと目を大きくした。

「どこか行っちゃうの？」

「もう、時間がないみたい。ここでお別れだよ。これ、持ってて」

晴文君の手に、SDカードを握らせる。

「保険って言うのよ、こういうの」

晴文君はカードごと拳をギュッと握り、私を見つめた。目の中の透明な膜に私が映っているのが見えて、見る見るうちに水の膜が盛り上がり、まなじりから溢れ出した。

「また会える？」

「会えるよ。ずっとずっと先になるかもしれないけど、絶対また会える。だからそんなに泣かないで」

彼の頬に流れる涙を指で拭って、両手でその柔らかな頬を包む。

「これからお父さんと仲良くして、お母さんを守って、もっともっと強くて優しくてかっこいい男の人になってね。私楽しみにしてるから」

「合言葉」

「ん？」

「合言葉を決めておこう。ずっとずっと先だと、ぼく大きくなってて、お姉ちゃんにわからないかもしれないから」

言われてちょっと考える。すぐにいい言葉を思いついた。

「じゃあ、船とケーキでどう？　私が船って言ったら、ケーキって答えてね」

島で彼が教えてくれた、あのおとぎ話に出てくる単語だ。彼のことがわからなくなるなんてありえないことだったけど、幼い彼の心配事はつぶしておいてあげたい。

「ちゃんと見つけてね、ぼくのこと。お姉ちゃんが会いに来なかったら、ぼくが見つけに行くよ」

「うん。じゃあ私が忘れちゃってたら、私のこと見つけてね」

「約束」

「約束」

お互い小指を突き出して、そっと絡める。小さなこの指が、ごつごつとした男らしい手に変わっていくのを私は知っている。

ぎゅっと目を瞑って、彼は痛みをこらえるような顔で指を離した。目を開けて、覚悟を決めたように言う。

「早く行って。お父さんが追いかけないようにしておくから」

私はうなずいて、きびすを返すと小走りで駆けだした。足元がふらついたけど、二人に見えない所まで行ければそれでいい。

振り返ることなくせまい路地に入り、進み続ける。

大丈夫。未来で私達は、必ず出会えるのだから。

路地の突き当たりの人目のないところに行きついて、私は足を止めた。頭の奥が霞んでいる。もうこの辺が限界のようだ。

5歳の私、ごめんなさい。突然こんなところに放り出されたら、不安でたまらないよね。

ブロック塀に背中を預けて、その場にしゃがみこむ。

ぼやけていく意識の中で、幼い晴文君がこれから辿る人生を思う。

小さなルールを自分に課す癖は、なくなるだろうか。

お母さんが退院出来たら、きっとまた親子三人で暮らせることだろう。

その先を思い描いて、ふっと頭の隅で警告の音が響いた。

ミシンのモーターがうなり声を上げる。立ち止まって確かめよの合図。

お母さんが助かったということは、晴文君があの時期にお母さんの葬儀に参列するということもなくなるのだ。

喪服のボタンをつけてあげるという、あのきっかけがなくなったら、私達の関係はどうなるのだろう。

『晴文君、晴文君』

声にならない声で、必死に彼を呼んだ。

お願い。私を見つけて。

二人で積み上げてきた思い出が、なくならないように。

未来の私達が、変わらず一緒にいられるように。

『私を見つけて――』

# 〜終章〜

# 船とケーキ

子供のころ何度か、神隠しに遭ったことがある。

最初は数時間程度いなくなっただけだった。でもその次に行方不明になった時は、一日経っても私は見つからなかった。

北上のおばあちゃんの家からいなくなった私は、翌日のお昼過ぎに秋田県の横手市で発見された。住宅街の路地裏で泣いていたところを保護されて、お母さんに迎えに来てもらったのだった。

その当時の私はいろいろ覚えていて、どんな人と一緒にいたのだとか、秋田まで行った状況だとかを警察で話したのだそうだ。

警察は誘拐事件ではないかと疑い、捜査もしたのだけど、結局私と一緒にいた男の人を突き止めることはできなかった。

その男の人の顔を、思い出すことはできない。覚えているのは、繋いだ手の温かさと頼もしさだけだ。

誘拐事件にしては少しも嫌な記憶はなく、おいしいプリンを食べたこととか、ただ楽しく電車に乗っていたということばかり覚えている。

成長して、一冊のノートの存在で、私はたくさんの私と出会うことができた。あの神隠しにも何かの意味があったのだと思うけど、まだ誰もその真相は教えてくれない。


バイトを始めようと思ったのは、リバティプリントがきっかけだった。

花柄で知られるリバティブランドの上質な生地は、ハンドメイドをする者にとっては憧れの存在だ。

だけど質がいいだけに、当然お値段も張る。ノーブランドの花柄生地とは三倍の差があり、2メートルで幾らと計算してみると、頭がクラクラしてくる。

初夏に向けて憧れのリバティプリントで一着ワンピースを作りたいと思ったのだけど、おこづかいで買えたのは、半袖のプルオーバーが作れるだけの布だった。

それが悔しくて仕方なくて、質のいいリバティプリントでワンピースを作るのだと決意して、バイトを始めた。

バイトを始めて数日経った日のことだった。注文カウンターにやって来たお客様が、私を見て固まった。

知り合いだろうかと顔を見ても、見覚えがない。大学生らしきその男の人は、しばらく私を見つめた後で絞り出すように声を発した。

「ケ、ケーキ」

「ケーキでしたら、こちらのチーズケーキとチョコレートムースとミルフィーユからお選びいただけます」

営業スマイルを浮かべてガラスケースを示すと、彼は一瞬絶望と呼べるほどの悲し気な表情を見せた。

私、何かしてしまっただろうか？

彼は何か言いたげに私を見つめ、それでも数秒後には気を取り直したように明るい顔になった。

「じゃあ、チーズケーキをお願いします。あとブレンドを」

会計をしてコーヒーとケーキの載ったトレーを彼に渡すと、何かを忘れているような気持ちになった。

何だろう。何か大事なことを、言わなくてはいけない気がするのに。

その日以来、彼はたびたびカフェを訪れてくれた。注文するのはブレンドコーヒーかカフェラテ。ケーキを注文したのは、最初の日だけだった。

一度彼が女性と一緒に来たことがある。と言ってもその女性は、恐らくお母さんだ。テーブルを拭きながらちょっとだけ聞き耳を立ててみると、お母さんはケーキを食べながら、彼にあれこれ一人暮らしの心得を説いていた。

彼を見かけるたびに、注文の時に言葉を交わすたびに、懐かしさが胸にこみ上げて来て、何かを言わなきゃいけない気持ちになる。

だけどその言葉は、私の中にはないのだと頭のどこかで気づいていて、虚《むな》しさだけが心に残る。

やりきれない気持ちを、ノートにしたためた。解決策を聞きたかったわけではない。気持ちを吐き出したかっただけだった。

そうしたら、未来のどこかの私から、返事が返って来た。

『彼に話しかけてみて。「船」って』

船？　どういう意味だろう。それ。

突然そんなことを言ったら、変な店員だと思われるんじゃないかな。

次に彼がカフェを訪れたのは、平日の夕方のことだった。その時間店内は空いていて、テーブルを拭くために私はフロアへ出ていった。

窓辺の席に腰かけて、彼はブレンドコーヒーを飲んでいる。そのテーブルの横に立つ。

「あの、変なこと言ってもいいですか」

彼が顔を上げる。こちらの気のせいかもしれないけど、何かを期待する表情に見えてしまう。

「船」

口からその言葉が飛び出した瞬間に、これだったのだとわかった。今の私は持たないけれど、いつかきっと私にとって大事な意味を持つであろう言葉。

彼に言いたかった、言葉。

彼はその言葉を噛みしめるようにして、目を潤ませた。ずっと待ちわびた雨を浴びた、花のようだった。

「ケーキ」

彼が答える。その言葉の持つ意味もわからないのに、正解なのだとわかった。

「あなたに、ずっと言いたかったことがあるんです」

彼が立ち上がる。

傾いた陽が外から差しこんで来る。その光を背に、彼は微笑んだ。

「やっと、会えましたね」

この作品は書き下ろしです。

石野 晶●いしの・あきら

1978年生まれ。岩手県立伊保内高校を卒業後、2007年『パークチルドレン』（石野文香名義）で小学館文庫小説賞を受賞、2010年には『月のさなぎ』で日本ファンタジーノベル大賞優秀賞を受賞する。他の著作に『彼女が花に還るまで』『やがて飛び立つその日には』『パズルのような僕たちは』（双葉文庫）。

いつか会《あ》ったあなたと、きっと出会《であ》う君《きみ》に

2024年10月20日　第1刷発行

著　者――石野《いしの》 晶《あきら》

発行者――箕浦克史

発行所――株式会社双葉社

東京都新宿区東五軒町3-28 郵便番号162-8540
電話 03（5261）4818〔営業〕
03（5261）4831〔編集〕
http://www.futabasha.co.jp/
（双葉社の書籍・コミック・ムックが買えます）

印刷所――中央精版印刷株式会社

製本所――中央精版印刷株式会社



ISBN978-4-575-24777-0 C0093